# ひとつの小さな楽園を作る

つれづれノート㊻

銀色夏生

角川文庫
24364

# ひとつの小さな楽園を作る

つれづれノート㊻

2024年2月1日㈭
〜
2024年7月31日㈬

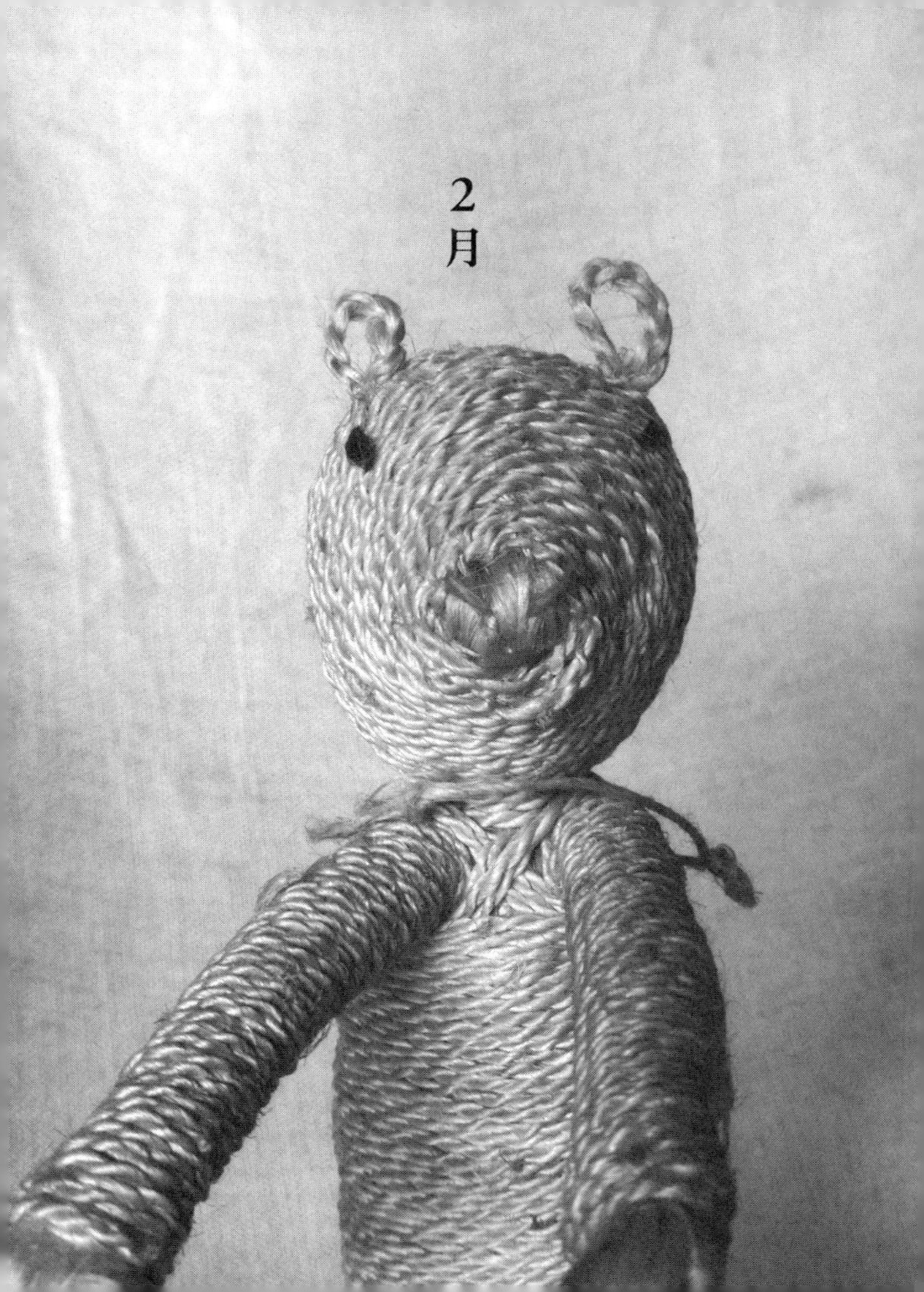
2月

## 2月1日（木）

雨。シトシト。

仕事を少ししてから庭を歩く。

いつもの辺り、こんもりと茂るジャノヒゲの上にビー助が寝そべっている。

え、雨の日でも蛇って外で寝ころぶの？

それは知らなかった。


昼すぎ。雨の中。

昼食のスパゲティ用にブロッコリーを畑に採りに行きながら考えていて、私が何を目的として今回の生を受けたか、何をしようとして生まれた人生なのかがわかったような気がした。

それは、「誰にもお伺いを立てなくていい人生」、「100パーセント自分の決断で、自分のやり方で生きる人生」だ。

自分の思いに忠実にひとつひとつの物事を選択して生きたらどうなるか、それを知りたい。

…いろいろ考えていて、生まれてきた目的はそれではないかと思った。

だから結婚とか共同作業とか、それができないことは実現していないんだ。

合点がいった。

結局どうやっても今のこの形なんだ。

そう思うと、今後の身の振り方というか、無理や無駄のないやり方、生き方、考え方がおのずとわかるというもの。

迷いもなくなるよね。

うん。なくなる。

なにかあったらまず、このことを思い出して、それに照らし合わせて決断すればいい。この線にそって物事を把握し、判断すればいい。

それでもなお違う点が生じたら、考えて、修正すればいい。修正しながら進めばいい。

なんかスッキリ。

庭に戻って歩いていたら、まだいる。ビー助。

こんな雨の中で、雨に体を打たせて、長々と寝そべってる。雨だから石垣のあいだにでも避難したら？

もしかしてシャワーか。風呂（ふろ）なのか。

風呂だったらまあ、いいか。

その人が何で驚くか。

その人が何で驚くかを見れば、その人の価値観の一端が垣間見える。

このあいだある人が、私から見ると全くふつうのことを、とても驚いていた。

それを見て私は「どうしてそれに驚くのだろう…」と不思議に思った。

そういうことはよくあることなのに。

その人にとって驚くことだとしたら、とても狭い世界で生きていたんだなあと思う。

そういうことを今まで知る機会がなかったのだろう。視野が狭い。経験が少ないということ。


その人が何で怒るかというのも、その人の価値観を知るのに役立つ。


ブロッコリーとキャベツとじゃがいものスパゲティを食べた。

夕方、傘をさしてまた庭を一周。

人は、その人がイキイキと生きていた時代に影響を受けている（しばられている）なあと思う。いや、もうそれがほとんどかも。

**2月2日（金）**

雨のち曇り。

買い物に出て、帰ってくる。

明日（あした）から「二日市（ふつかいち）」なので道路沿いに出店のテントが張られていた。


庭を散歩。

今日もビー助がいた。のんびり寝そべっている。

近づいてじっと見てみた。

「ビー助」

と声もかけた。

ピクリとも動かない。

**2月3日（土）**

今日から二日間、市中にズラリと市が立つ。

お腹をすかせて行くと買いすぎるので、朝食をしっかり食べる。二日市オムライス。

9時半、自転車に乗って出発。

ほぼ1年に1回、この日にしか使わないという自転車。あれ？　空気が抜けている。空気入れも見当たらない。しょうがない。このまま行こう。

天気は曇りのち雨で時々雨がぱらつく。

最初に木工のお店へ。今年はこれといって心惹かれるものはなかった。よし。次。去年、藻玉のキーホルダーを買ったお店があった。今年は売り場の形が去年と少し違う。おじちゃんもいた。

かわいい手作りお菓子を出している若いカップルのお店。去年もあった気がする。マカロンとかシフォンケーキ、イチゴのデザート。古道具屋に切り子のグラスコーナーがあった。ひとつ、気になるグラスを見つけた。黒い切り子のグラス。うーん。

隣の隣の店先に白檀のブレスレット。1個、5800円と書いてある。菩提樹の実に似てるなあ…と思いながらなんとなく見ていたら、「いいにおいがするよ。濡れるともっと香るんだけどね。今なら2個2000円でいいよ」だって。急に安すぎ。

食べ物の屋台が立ち並ぶ。そのへんはサクッと通り過ぎる。

また古道具屋。壺や置物、人形。埃っぽいガラクタみたいなのが雑然と並んでる。手前にちょっと気になる木彫りの像があった。怒った鬼のような顔。素人が趣味で作ったような素朴さ。炎を背負った仏像？　顔がちょっとアニメっぽい。怖くない。ユニークな感じ。沖縄のシーサーを思い出す。魔除けにもよさそう。

しばらくじっと見る。いくらなんだろう。

仏像なんて欲しくはないけど、まったく買う気はないけど、興味本位で聞いてみたい。でも店のおじさんは他のお客さんと話していて、しばらく待っていたけど聞けなかった。

今年は植木屋で温州みかんの苗を買おうと思っている。

植木屋が並ぶ通りに出た。最初の植木屋さんで温州みかんの苗を見る。そこにいたおじいさんに詳しく聞こうとしたら臨時のお手伝いみたいで要領を得ない。

すると店の主人がやってきてパッパッとみかんを縛っていた紐を切って、1本取りだした。

「これはいいよ。今年、実がなるよ」（ならなかった）

「そうなんですか」

そして、「はい。これ2000円で包んで」とさっきのおじいさんに手渡す。

え？　まだ買うとも言ってないのに。しかも２０００円なんて値段も今はじめて聞いた。

「そ、その値段って安いんですか？」と思わずもごもご言ったら、「じゃあ１８００円でいいよ」。

オロオロしているあいだにポリ袋に入れられて、渡される。

ぼーっとしたまま２０００円を渡して、２００円お釣りをもらった。

なんだか狐につままれたような気分のまま歩きだす。すると隣にも、その隣にも植木屋さんがあり、そっちはもっときれいな植木に見えた。気のせいかもしれないけど…。

もっとゆっくりいろいろ見たかったなあ…。と思いながら先へ進む。

スイカゲームのぬいぐるみが並ぶお店があった。くじか。子どもが買ってる。毎日やってるスイカゲーム。小さい果物類が真ん中に、大きなやわやわしたスイカが左右にたくさん。ちょっと眺める。

それから去年も買った柿の葉寿司のお店があったので立ち寄る。見ると、からすみがあった。からすみ２０００円と柿の葉寿司９００円をひとつずつ買った。

はちみつ屋さんがあって、はちみつ屋さんのりんごあめというのを売っていた。とても気になったけど、踏ん切りがつかず買わなかった。

雨がポツポツ降ってきたので家に帰る。1時間ぐらい行ってた。

家に帰ってしばらく休む。

もし午後また行くとしたら、手作りお菓子、黒い切り子のグラス、木彫りの像、植木いろいろ、りんごあめをもう一度見たい。

雨が降ってなくて元気があったら行こう。

自転車の空気入れをネットで注文した。

お昼は柿の葉寿司。

午後、やっぱりもう一回行こう。

3時ごろから本格的に雨が降りそうなのでその前に。

自転車で走り出して、やはり空気が抜けていると走りにくいと感じ、これを買った自転車屋さんによることにした。

「空気が抜けました〜」と言ったらサッと手際よく入れてくれた。ついでに「洗いましょうか?」とシャワーで洗ってキュッキュッと拭(ふ)いてくれた。きれいになった。

その作業のあいだ、二日市のことをいろいろ楽しく話す。いつになく気さくにしゃべる私。そして、「いってきま～す」と出発。

まず、お菓子の出店に行ってマカロン1個とロールケーキ一切れを買う。そこからしばらく歩いていたら鮎（あゆ）の塩焼きの店が。なんとなく気になるなあと思い、ちらちら眺める。去年も買ったなあ…。一度通り過ぎたけどUターンして引き返し、1尾購入。600円。

そして次は切り子のグラス。気になったグラスの値段を聞く。でもよくよく見ると中古だからか底が汚れていた。グラスで汚れているのは買う気にならないなと思い、心残りなく立ち去る。

人だかりがしていたので近づいてみると、何か余興をやっていた。3分ぐらい見て離れる。

スイカゲームのぬいぐるみくじのお店がここにも。1回500円で、偶数は大きなスイカ。奇数はそれ以外の果物。子どもが引くのを見ていたら、小さいの2個、パイナップルとりんごだったかが当たっていた。くじに番号がついていて好きな果物は選べないのだそう。ちょっとだけ心惹かれたけど選べないんだったらいいやとそこを離れる。いちばん小さなさくらんぼがちょっと欲しかった。

古道具屋の木彫りの像にたどり着く。じっと見ていたら店主のおじさんが来たので値段を聞くと、「8000円でいいよ」という。

ふう…む。

じっくり見たり、抱えて重さを確かめたりしながら店主とあれこれ話す。

「これは…、何の像ですかね？　見たことあるような…。金剛力士像(こんごうりきしぞう)…？」

「わかんないねえ」

おじさん、スマホで撮影して画像検索したけどわからない。

「どこでだれが作ったのかわかりますか？」

「いやわかんない」

「うーん。なんだか気になるんですけど…。でももしこれを家に置くとしたらどこに置くかを考えないといけないですよね。いい置き場所がないと…。仏像って存在感がありすぎて、緊張するというか、買うには勇気がいりますね」

これを買って家に飾ることを想像すると、なんだか宗教色が強いというか、うちのナチュラルな雰囲気と合わないかも…。しかも将来のことも考えてしまう。こういう像は粗末にできないし。買ったら一生大事にしないと。

一応、写真を撮らせてもらって、「家に飾る場所があるかどうか考えてみますね」と伝える。

「こういうものは出会いだからね。縁がある人に出会うとすぐに売れちゃう。出会わないとなかなか。これ、3カ月前に買ったんだけどね。早く売って、軽くなって帰りたいんだよ」とおじさん。

「そうですよね～」

古道具ってそういうものだろうなと思う。好きな人には価値があるけど、興味ない人はタダでもいらない。

心惹(こころひ)かれるけど、素人の作とはいえ仏像を個人で所有するのは責任が重い。人がたくさん見に来る場所に置かれるのがよさそうな気もする。でも顔がなんだかユニーク。

そこから歩き出してすぐ、オリーブのお茶の試飲があったので飲んでみる。オリーブと何かを混ぜたお茶だと言っていた。シラスのオリーブ漬けが人気だよと言う。目の前に瓶詰めがズラリと並んでる。たしかにおいしそうだと思ったけど特に欲しいと思わなかったのでやめた。

それから植木屋さんの通りに出て、今度はゆっくりと見る。

ほかの店の温州みかんを見比べながら歩いていたら、こぎれいでしっかりとした苗のお店を発見。中央の椅子に座ってるおじいさんに値段を聞いたら「2000円!」ときっぱり。そうか、どこもだいたい値段は同じみたいだ。じゃあいいか。

鳥の丸焼きを売っていた。どこかのおじさんが3個ぐらい袋に入れてぶらさげて歩いてるのを見て、おいしいのかなと思って私もひとつ、なんとなく買ってみた。700円が500円になっていた。冷蔵庫に入れられていたのか、とても冷たい。

その後、なぜか今じゃなくてもいいのに新潟産の舞茸、地元の居酒屋さんの鶏のから揚げ、しゃれた店のとっても小さいミックスナッツ、ふたたび柿の葉寿司、ロールケーキ1本、はちみつ屋さんのりんごあめとはちみつを買った。

はちみつは味見して選んだ青森のピンクアカシアはちみつというの。このはちみつ屋さんは八代市を拠点にミツバチと一緒に移動しながら蜜を集めているのだそう。

けっこう買ってしまった。

家に帰って、あの仏像の写真を片手に、家の中に置き場所があるか、あちこち想定しながら一周してみた。2階、1階…と回りながら、ここは？　あそこは？

うーん。難しい。

そして炎を背負った像ということで調べてみたら、怒りをもって煩悩を抱えた人々を救済するという不動明王だった。

そうだ！　思い出した！

怒った顔と炎に、なんか見覚えがあると思ったら、あの霧島東神社にある私の好きな像も不動明王だ。

私は不動明王が好きなのかも。

でも、だからといって仏像を家の中に置くのはどうだろう。なんか気が重い。

高さ80センチぐらいだった。ちょっと前に実物大の木彫りの鷲が欲しいと思ったけど、それと同じくらいの大きさだ。鷲は80センチぐらいだそうだから。

その代わりだろうか。

鷲じゃなく不動明王が来るのか。

でも…。仏像が家にあるなんて怖いような…。うーん。決められない。

一応、カーカとサクにも画像を送って聞いてみることにした。

ところで、冷たい鳥の丸焼き、なんで買ったんだろう。

切り分けて食べるつもりで？

ふう。しょうがない。切り分けて少し食べて残りは冷凍しとこう。

キャアー！

ローストチキンだと思ったら違った！

鳥刺し用の鶏だった。このあたりでは鶏を刺身にして食べる習慣がある。表面の皮はところどころ黒く焼けていて、中は生。それを薄く切って甘醤油（じょうゆ）で食べるのだ。

はー。どうしたらいいの。

とりあえず、紙に切り方が書いてあったので、それを見て腿（もも）や手羽を外す。うまくできないのはしょうがない。

不器用に、一生懸命、手を脂でギトギトにしながら、できるかぎりさばく。

どうにか小皿ひと盛り、刺身が取れた。残りは水から煮てスープを取るといいらしいのでそうしてみよう。

カーカから、「かーかの顔のやつか」って返事。ふふ。

そうそう。お正月に霧島東神社に行った時にふたりに、「カーカに似てるでしょう?」と言いながら不動明王像を見せたのだった。怖い顔と力強さが似てるし、実は人を助けるっていうところもなんとなく似ている気がする。

ラインでいろいろ話して、心惹かれたんだから買ってもいいかも、という方向に。

明日（あした）もう一度見に行こう。

## 2月4日（日）

昨日の夜から朝まで、何度も何度も仏像の写真を見ていた。置く場所はコタツの正面。リビングの壁がいいかもしれない。自分個人のために買うのでなく、みんなのためにと思えば気の重さも軽くなる。どこか静かな奥まった場所に飾るのでなく毎日目に入るところで、生活に取り込むようにすれば。

ネットで不動明王の意味を調べたらますます気に入った。

「不動明王は人間の煩悩を浄化するために炎で焼き尽くし、手に持った縄で悪を縛り、人々を救済してくれます。表情は非常に険しいものの、あくまで人間を助けてくれる存在なのです」

「背中に火炎を背負い、その炎で煩悩を焼き尽くします」

「不動明王は怒った表情をしていますが、実は煩悩を断ち切るように導いてくれる慈悲深い仏様です。怒った表情をしているのは怒りをもって、煩悩を抱えた人たちを力ずくで救済するため。右手に持った倶利伽羅剣（くりからけん）には、よこしまな心や、迷いを断ち切る意味があります」

力ずくで救う、ってとこがいい。

さて今日は、棋王戦第1局とNHK杯がある。対局相手はどちらも伊藤匠七段。楽しみ。8時半から中継が始まるので、初手を見てから9時半にサッと仏像を買いに行こう。

10時には駅伝大会のスタートもすぐ近くで行われる。

庭にはビー助。エゴノキの下に置いてある木の枝にゆったりと絡みついていた。

自転車に仏像を包む布バッグと折り畳みキャリーカートを積み込み、9時半に出発。最初に、きのうのはちみつ屋さんへ寄る。もらったチラシを読んだらなかなかいいお店だと知り、ほかの種類のはちみつも買いたいと思ったから。様々な味を食べたいので小さな瓶3個セットを2つ買った。あと、試食でもらっておいしかったはちみつアメ。

それから古道具屋さんへ。

着くと、おじさんが奥でヒマそうに煙草をプカ〜と吸っていた。

「昨日、写真を撮らせてもらって、家に帰って置く場所を探しました。そしたらここがいいんじゃないかなって場所があったので…」

おじさんがうれしそうに出てきて、一緒に仏像を見ながらいろいろ話す。

「色が塗ってなかったらもっと高いんだけどね。素人は色を塗っちゃうんだよね」

そう赤黒い炎、青黒い体。

「目は何か白い石が嵌め込まれてますね」

「うん。…釘を使ってあるからねえ。それがなかったらねえ」

下の台は木の切り株になっていて、炎や体には釘が打ってある。

「昨日、不動明王の意味も調べました。仏像を家に置くのは責任が重いと思ったんですけど、人の見える場所に置いて生活に溶け込ませたらいいんじゃないかと思ったんです。毎日見て、触って」

「うんうん。あんたのような人に買ってほしいんだよ。人、見て決めるからね。値段じゃないいんだよ。昨日も、これいくら？　って聞かれて、3万8000円つったら、1万円だったら買ってやるよって。そんな人には売りたくないねえ。昨日、いくらって言ったっけ？」

「8000円」

「7000円でいいよ」

「はあ。あ、あとその…」

ふくろうの鉄の置物、キャンドルスタンドがあって、それにも興味があったので持ちあげてみた。かなり重い。見ると6000円って書いてある。

「一緒に買ってくれるなら1000円でいいよ」

「はい。じゃあ毎日眺めて大事にします」

キャリーに載せるのを手伝ってもらった。

「また来年来られたら来るよ」とおじさんがいうので、「じゃあまた〜」と挨拶（あいさつ）してお辞儀して去る。

人波の中、コロコロとキャリーを引いて自転車に。

やったー、買っちゃった！

軽い気分で家路を急ぐ。

古道具屋ってなんかいいな。それを好きな人に欲しがってるものを売るっていいなと思った。

もうすぐ家に着くというところで、駅伝の選手たちがスタートラインに集まっていた。

自転車を道路わきにとめて、観衆の皆さんと一緒に見守る。パトカーや白バイもスタンバイしている。30秒前、と秒読みが始まる。

10時のチャイムが鳴った。

ピストルの合図。

ターン。

すごい勢いで選手たちが走っていく。観衆の拍手。私もガンバレーという気持ちで拍手しながら後姿を見送った。

家に帰って、将棋中継を見ながら、買ってきたはちみつをテーブルに置いて、仏像をリビングに置く。

ふう。ひとまず休憩。

はちみつの小瓶6個を並べて眺める。

くり、晩白柚(ばんぺいゆ)、そば、クローバー、菩提樹(ぼだいじゅ)、晩白柚。

うん？　晩白柚。同じのが2個ある。全部違うのを選んだつもりだったのに。ああ、残念。悲しい。ガックリ。どうしよう。あきらめようか。

11時。空気入れがきた。早っ！

NHK杯は藤井(ふじい)勝利。棋王戦の方はお昼休憩に入ったので、やっぱりはちみつをとり替えに行こう。ついでにおなかもすいてきたのでお昼用にチーズバーガーでも買ってこよう。たしか地元フードコーナーにあったはず。

自転車に乗ってスイスイ。空気を入れてもらったからとても軽やか。こんなに変わるとは。


まずはちみつ屋さんへ。事情を説明して、晩白柚はちみつをいたちはぎはちみつというのにとり替えてもらった。よかった。

それから予定通り、宮崎牛のチーズバーガー。

そして目についた軟骨フライと軟骨入りトマト煮込みスープ、えごまの葉のおにぎり、いちご大福、アップルパイとチーズパイ（とても小さかった）を次々と購入。

また急いで帰って、次々と味見する。


午後。

将棋を観戦しながら不動明王の全体をタオルで拭く。けっこう埃っぽかったのですみずみまで拭き上げた。裏を拭くときに、「昭和参年十二月二日」と日にちが素朴な字で記入されているのを見つけた。１９２８年か。１００年くらい前に作られたんだ。

拭き上げてから、コタツからまっすぐ正面に見えるリビングの壁に台を置いて設置してみた。なんだか真っ黒に見える。店は屋外だったから赤や青の色がわかったけど家の中だと黒い。

なんだか暗い。
うーん。ちょっとここじゃないかも。もっと明るくて身近な場所がいいんだけど。
玄関の靴箱の上に置いてみた。ここなら出入りするとき毎回目に入る。
それでもまだ黒い。
位置をずらして、ひだりの端っこに置いてみた。そこだとスッと手で触れる。
ここがいいかも。毎日声をかけて、触ろう。
写真に撮ってカーカとサクに送る。
胸のところに「カーカ」と名前を書いた紙を張り付けてみた。
とたんに親しみ深くなった。その写真も送る。
カーカから「いいね」って返事が。

将棋はめずらしい展開になった。持将棋で引き分け。
対局後のインタビューで藤井棋王が沈んだ顔で「伊藤七段の手のひらの上だった」
と言っていたのが印象的だった。

**2月5日（月）**

雨が降っている。

さっそく靴箱に、カーカ鬼、じゃなかった不動明王を見にいく。

いたいた。瞳(ひとみ)は白い石。

スリスリスリスリ…と肩や腕を撫(な)でながら、「煩悩を持つ人々を救ってね」とささやきかける。こんなに大事にしているんだから親近感も生まれるだろう。そしてさぞや人々を救ってくれることだろう。この場所から、それが必要な人々にテレパシーで働きかけてね。できる程度でいいから。

いや、もう今すでに始まってることでしょう。

な！

私も考えた。私にとってのプラス面を。

もし私が、あれこれ考えなくてもいいことをグルグル考え始めたら、ハッ！と気づいて、「そうだ不動明王がいたんだ。不動明王の剣で断ち切ってもらおう！」と思いさえすればいい。

あとはこの人が働いてくれる。

そう思えるものがここにある、というそのことが、それだけで充分、たぶんいい作用を及ぼしてくれるだろう。

そんな気がする。

私の心の迷いを断ち切るためのアイコン。

不動明王さま。よろしく。もともとは素人の手作りかもしれないけど、私がいいものを感じたのだから、ここからより大きく育てよう。

人のためにもなってもらおう。ともに精進しよう。

あだ名も考えようか。

まだこれっていうのは浮かばないが…。


右手の剣で魔を切り、迷いを断つ。

左手の縄で縛り、救い出す。

魔を降伏(ごうぶく)させる憤怒(ふんぬ)の形相。

厄除(よ)け、魔除け、悪縁断ち。

人々の迷いと弱気を炎で浄化する。

あらゆる災い除けの仏様。

悲しい時、つらい時、最も頼りになる不動明王！

ゴミを捨てに庭を通ったら、ビー助。今日は飛び石のところにいた。いるんだね。

ずっと。

ガレージに去年実ったニガカシュウのムカゴがたくさんあったので不動明王の足元にたくさん並べてみた。いいじゃん。ちょっとかわいくなった。

なにかアレンジしないとあまりにも色が黒くて存在が重いのでね。もっとやわらかいイメージになるように工夫したい。


おとといから、普段食べないものをいろいろ買って食べているのでちょっと嫌な感じがする。から揚げに入っていたニンニク風味のものに違和感を覚えた。

## 2月6日（火）

ひさしぶりの晴れ。

洗濯して、朝のひとめぐり。ビー助に挨拶（あいさつ）。昨日と同じ飛び石のところ。もしかすると夜もここに寝てるのかな。巣とかねぐらみたいなものはないのだろうか。

畑でやりたい作業があるけど、今日やろうか。

野菜用のネットを張るためのポールを木の杭（くい）のわきに立てる作業。8本も深く埋め込まなくてはいけないのでやるとしたら気合いがいる。

今日はまだやめよう。

とう立ちし始めた白菜の花芽や小かぶ、ブロッコリー、芽キャベツをいくつか収穫する。

庭のビー助。あまりにもじっとしているので細い木の枝の先で頭の上を撫でてみた。ピクリとも動かない。

不動明王像、不動くん。

今日もスリスリ触って声をかけて、黒さを緩和するべくあれこれ飾りをくっつけてみた。うーん。どれもピンとこない。ニガカシュウのムカゴと菩提樹(ぼだいじゅ)の首飾りだけを残す。

私が不動くんを買うことを躊躇(ちゅうちょ)していた理由のひとつは、こういう仏像を個人宅に飾ることの大げさ感だった。個人で仏像を持つなんて気が重い、と思ったのだ。

でも…と考えてみた。

私は作品を通して表現する方法を持っている。私個人のものということでなく、作品を通して不動くんの救いの力を人々に伝える、そのためのパイプ役になれるのではないか。それなら私のものと思わなくて済む。それならできる。

鳥刺しを全部食べ終える。おいしかった。骨から煮出したスープも。

ジャニーズ、松(まつ)ちゃん、セクシー田中(たなか)さん事件には共通点がある気がする。根っこが同じような…。テレビの影響力が弱くなったことで、テレビを中心にしたマスコミの権力構造が崩れて内部から崩壊が始まった。同じ構造の中にあるものは今後もどんどん崩れていくだろう。これからの景色がどうなっていくか…。

## 2月7日（水）

自分の世界に引きこもるようになってから出会うもの、残るもの、新しく仲間に加わるものはなんだろうと楽しみにしていたら…、新しく出会ったのは不動くんとビー助だった。

ぷふ。

朝早く起きて庭を散歩。

同じ場所にビー助。やっぱりここに寝てるんだ。今日は指先で頭を撫でてみた。やはりピクリとも動かない。硬い甲羅のような頭の感触。

今日から王将戦。第4局。もしかすると今日で決まるかも。

将棋を見ながら朝食。幸せタイム。

メニューは、昨日作った鶏ごぼうご飯、かぶと花菜のスープ。今朝作った赤大根と人参のチキンサラダ、だし巻き卵。


今朝の目覚めが早かったので睡眠不足。

コタツでうとうとしながら将棋を見る。

そしてたまに庭を歩く。

外に出るために靴箱を通るたびに不動くんの肩をポンポン。

「がんばって助けてね！」と声かけ。

このあいだまでたくさんのガラクタ仲間とともに埃をかぶってボーッとしてたのに（想像）、急にこきつかわれて、「かなんな～」とでも言ってそう。

ククク。

そうスパルタよ。

働け、働け、みんなのために！

今まで休んでいたぶん、力がたまってるでしょ。

うえ〜っ
働けよ
ガンバレ〜
人を助けよ…
ホレ〜
ポンポン

そして成果があったならきっと励みになるはず。

## 2月8日（木）

王将戦第4局二日目。

今日も早朝に庭に出たらビー助が昨日と同じ場所に同じ形で横たわっていた。もしかすると冬眠中なのだろうか？　頭を指で触る。ピクリとも動かない。

将棋はゆっくりと進んでいる。

私はコタツでゴロゴロしながら聞いている。

1泊20万円の高級旅館に泊まったらひどかったという動画を見て、ありそうなことだと思った。

私は今はあまりホテルや旅館には泊まりたくない。建物の細部や料理、接客などが気になってしまうから。

以前、よく旅行に行っていた頃はそういうところをあまりよく見ないようにしていたけど、今はしっかりとまわりを見ているので敏感にいろいろ察知してしまう。前日にどういう人が泊まったのかわからないということだけでも。

精神性の高い、ホスピタリティの万全そうなところを、よく調べてから泊まるなら泊まりたい。

けどもう外食にも旅行にもあまり行く気はしないなあ。

ビー助を見に行ったら、青いハエが頭にとまってる。そして顔を嘗め回している。どういうこと？　ビー助、まさか死んでるんじゃないよね。体はいつものようにつやつやてらてらと光っていて元気そうだが。

将棋は藤井王将の勝ち。菅井八段の苦しげな顔がなんとも。

サクからインフルエンザB型にかかったとラインが来た。

歯医者からもインフルエンザのために明日はお休みになりますと連絡が来た。流行ってるんだ。

**2月9日（金）**

歯医者の予約がなくなったので今日は畑の作業をしよう。晴れてるし、ひさしぶり。

ネット用のポールを立てて、畝の整理、野菜の収穫など。

庭のビー助。今日も昨日と全く同じ場所に同じ形で横たわっている。本当に冬眠中かも。頭を指で触っても動かない。記念に写真を撮る。

不動くんのことを考えた。そうか、と。

働け働け！　とせかしたけど、そういえばまだだれにもお願いされていないんだった。私がわずかに「迷い、煩悩、悪縁断ち」をお願いしたぐらい。

そうか、そうか、まだお客さんは来てないんだよね。だから働くったって何もできないね。不動くんの姿を見せるのが次の本だから10月下旬。そこから忙しくなるかもしれないから、それまでじっくり体調を整えつつ力と技を磨いておきなさい。

ということで、顔を拭く雑巾（布切れ）で今日も私はきゅっきゅっと不動くんの顔を拭き、炎のくぼみに引っ掛ける。

畑に行ってきました。

そうだ、このあいだ買った温州みかんの苗木を植えなきゃ！　と思い、予定していた斜面にスコップで植えつける。よし。

次に、里芋をひと株、掘り上げる。4つしかできてなかった。ブロッコリー、大根、キャベツ、芽キャベツなどを収穫。大根はこぼれ種から育ったものを含めまだ40本ぐらいある。

次に、ネット用のポールを立てようとしたけど、そのポールは長さ210センチもあって、扱いやすい高さにしようと思うと50センチぐらい埋めなきゃいけない。ちょっと掘りかけたけど、これは無理。あきらめた。こんなに長いポールをなぜ買ったんだろう…。買いに行った時、これしかなかったんだっけ。ちょうどいい長さのポールを買いに行こう。

最後に野菜のすきまの草をハサミで地ぎわからカットする。すごくよく切れるハサミなのでこれは楽しい作業。ヨモギや春の草など。


さっそくポールを買いに行く。180センチの長さのがあったのでそれを6本買った。上に横棒をカチッと挟めるようになっているやつ。


家に帰って、遅いお昼。

収穫したブロッコリー、芽キャベツ、高菜、赤大根とベーコンのスパゲティを作った。

「キングスマン：ゴールデン・サークル」を見ながらしあわせタイム。エルトン・ジョンが出てきた。次は「ロケットマン」を見たい。

## 2月10日（土）

今日は朝日杯の本戦トーナメント。とても楽しみ。

午前中の準決勝では藤井竜王・名人が勝った。もうひとつの対局を見ていたら、正面のリビングのガラスで「ドンッ！」と大きな音。

ハッ。

見ると、小さな羽根がひらひら。

うわあ〜っ。またか。鳥がぶつかった？

こわごわ見に行くと、うん？　何もない。

よかった。でも、確かにぶつかったよね。しかも羽根が舞ってたし。

家の中から何度も下の段々を覗(のぞ)く。右の方に移動して見たら、段のところに黒いしっぽが！

いやあ〜ん。

やっぱり鳥だった。

死んでるのかな。気絶してるだけかな。

でもどうしてだろう。私の後ろ側のブラインドは閉じてあってトンネル状態じゃなかったのに。完全に閉じてなくて少し横長に向こう側の景色が見えるけど、それだけでもいけないのか。

春になったからか。暖かくなって鳥がむやみに突進を？

うーん。

沈んだ気持ちでコタツに戻って将棋観戦を続ける。

明日は日曜日でゴミ集めはない。気になるからお昼休みにスコップでお墓を掘って埋めようか…。その方がいいかもなあ。花でもたむけよう。

で、もうひとつの対局で永瀬(ながせ)九段が勝ったのを見届けて、お墓を掘りに庭に出る。

まず鳥を確認。

倒れていた段々のところに見に行ったら、なんと、いなくなってる。

わあ、よかった。気絶してただけだ。たまにある。鳥が脳震盪(のうしんとう)を起こすこと。

ホッとして、庭をひとめぐり。

ビー助の姿も確認する。やはり同じ場所、同じ姿勢だった。


2時45分から決勝戦。

コタツに入っていて、後ろに背もたれがあったらいいなあと思ってたら、思い出した。座椅子があったこと。通販生活で買った温泉旅館座椅子。

2階の押し入れに入っていた。ほとんど使っていないのできれいだ。

それをコタツに運んで設置する。いい感じ。

不動くんの顔などを布切れでキュッキュッ。

これを作った人はどんな人だろう。こんな大きな（80センチぐらい）木像を作るなんてすごい。時間もかかっただろうし気持ちも入ってるだろう。大事にしよう。

そして布切れを炎の切れ目に差し込む。ここにクイッと差すのが好き。

将棋は永瀬九段が優勝した。藤井竜王・名人もこれはしょうがないという顔。

夜。

我那覇（がなは）姉妹の映画同時再生鑑賞会2回目があったので参加する。ＰＣで映画を見ながらスマホで二人の話を聞くという。

今日はレイ・ブラッドベリ原作、トリュフォー監督のＳＦ「華氏４５１」。本を読むことを禁止された社会の話。今回も古い映画で、途中うとうと眠りそうになった。

でもなんとなくこの鑑賞会の雰囲気がおもしろい。

## 2月11日（日）

鳥がぶつからないように、リビングの窓の外に貝殻のオーナメントを下げる。うんうんと手を伸ばして。

しげちゃんとセッセが散歩の途中にやってきた。

不動くんとビー助を紹介する。

不動くんを見て、しげちゃんが「おじいちゃんが好きそうだわ」という。しげちゃんのお父さんで私のおじいちゃん。こういうのが好きだったみたい。

ビー助は、「ここ数日、同じところでピクリとも動かないの」と見せたら、またハエが顔にとまってた。もしかするとやっぱり死んでるのか？　でも、肌はぬめぬめしている。

畑に移動して、野菜を見る。大根が食べきれないと言ったら、2本、もらってくれた。

午後は読書。イーロン・マスクの自伝。あんまりおもしろいと思わないけど買ってしまったので頑張って読んでる。

夕方、なんとなく気になってビー助を見に行った。やはり同じ姿勢。なんだか肌つやがよくない。しぼんで見える。

本当に死んでるのかも。初めてそう思った。どうして？


「ロケットマン」を見た。見始めて…、あれ？

このエルトン・ジョン役の人、キングスマンに出てた人だ。

映画は、うーん、エルトン・ジョンを好きな人、歌に思い入れのある人にはいいのかもだけど、私はまったく知らないので映画自体はそれほどでもなかった。

でも、予告で見た「YOUR SONG」を初めて奏でるシーンにはジーンとした。さすがにこの曲は聞いたことがあったので。

**2月12日（月）**

もしかするとビー助はやっぱり死んでいるのかも…と明け方、布団の中で思った。

もし今日もまた同じ姿勢だったら、たぶんそうだろう。なので朝起きて真っ先に庭に見に行った。少し離れたところからこわごわのぞく。

やはり同じだ。

ああ。いったい何があったのだろう。外見に損傷はない。内側でなにか？

妙に悲しい。けどしょうがない。

しばらくあのあたりに近づかないようにしよう。


今日は晴れて、暖かい。

畑にポールを埋めて、ネットを張る作業にとりかかる。隙間を麻ひもで縛りながら、コツコツ丁寧にやった。

途中、通りかかった女性が「こんにちは～。何してるの？」と聞くので、「エンドウ豆のネット張りです～」と答えたら、「ああ～。イノシシ除(よ)けかと思った」と言っていた。

そして、無事に完成。うーん。今日は充実感がある。

やっぱり、なにか大きな作業、面倒な作業をやり終えると。

充実感ってそういうことでしか得られないよなあ。

沈丁花(じんちょうげ)の花が咲き始めた。いい匂い…。

空は青く晴れわたっているのに心の隅に重いものが…。そう、ビー助。

なんでだろう…。

## 2月13日（火）

今日も畑で作業。

ひとつの畝をきれいにして整備する予定。そこに植わっていた大根を6本ほど引き抜く。切り干し大根にしようか。でももう作ったしなあ。

大きくならなかったホーム玉ねぎとこぼれ種で育った青梗菜(ちんげんさい)も収穫する。内側のきれいなところを今日食べよう。あいだあいだの草をちょっと刈る。

それから最後の里芋を掘り上げる。これにはたくさん里芋ができていた。

今日はもういいか。少しずつやっていこう。

刈り草置き場の周囲の野菜はよく育つことが分かったので畑の真ん中にも草置き場を作ろう。

トラックが家の前にとまったので見るとガスボンベを替えにきたお兄ちゃん。

「すみませーん。お願いしまーす」と畑から手を振る。

うん？　ときょろきょろして私を発見し、「どうもー」と明るい声と笑顔。

私の気持ちも明るくなる。

帰りがけにも明るく挨拶してくれた。私も明るく返す。

ああ。今日はいい人と会った。明日会う人は嫌な人かもしれないけど、今日は。

こんなふうに、今日いいことがあった、今日はちょっと嫌なことがあった、というふうに、目の前のことを受けとめながら生きている。

人の笑顔だけでうれしくなる。


踏み石のビー助を遠くから眺める。飛ぶ虫がたかってる。やはり死んでるんだ。


午後、仕事のイラスト原稿をメールで送ろうとしたら送れない。何度もいろいろ試みた。できない。

送信処理状態のまま途中でたくさんのメールが引っかかっているみたい。何かが奥で動いてるみたいな作動音がしてる。ずっと「送信中」の表示。どうしようがないので原稿は明日宅配で送ることにした。


ひさしぶりに温泉へ。1カ月ぶりだ。

ロビーでクマコが台の上に並べられた服を売っていた。作業用のブラウスやズボン、モンペなどが並んでる。見た目はきれいだけど古い在庫品で、４００円とか、１００円でいいよとか言ってる。

「このブラウスどう？　涼しくていいよ～」というので見ると確かに涼しそう。

「でもこの花柄が…」

あまりにも昔っぽい花柄。さすがの私も躊躇したほど。悪いと思いながらも退散する。

サウナに入ったら水玉さんとふくちゃんがいて、ふたりともさっきのモンペを買ったそう。でもゴムがボロボロだったって。ゴムを入れ替えて穿いてるとふくちゃんが言ってた。

ひさしぶりの温泉だったのでじっくり温まる。

丁寧にお湯に浸かった、という感じ。

毎日来ていた時は温泉が空気のようになっていて、日々のルーティーン、やらなきゃいけない段取りみたいになっていた。

あまり大事に思っていなかったなあ。惰性で来ていたわ。今日はじっくりと温泉を身体に染み入らせる。

こんなふうにたまに来るのがいいかも。新鮮な気持ちで。

なんでも、人間関係も、惰性になったらダメだよね。

大事に感じないようになったら危険信号。

## 2月14日（水）

朝、布団の中でビー助のことを考えていた。なぜ死んだのか…。

どういうふうに自分に納得させたらいいのだろう。

うーん。

そうだ！　寿命だと思えばどうだろう。10年以上生きていて、ちょうど寿命がきたのだと。死ぬときに私の前に姿を現して、私の前で安心して死んだ、と考えれば少し気が晴れる。

そう思おう。どうせわからないのだからそう思うことにした。

で、朝の空き瓶捨てのついでに畑の土をバケツに入れて持ってきて、お墓を作ることにした。移動させるのは怖いから土を上にのせよう。

踏み石のまわり、身体にそってドサリドサリと土をのせた。かなり多めに。

昼間、花が咲いてたら摘んでたむけよう。

朝食は、昨夜作ったキノコの炊き込みご飯、大きく育たなかった小かぶのスープ、大きく育たなかった赤大根とこぼれ種の青梗菜のお浸し。

メールの送信がやっぱりできないので、パソコンを買ったお店に電話して担当のNさんに対処法を聞いた。再起動などいくつか試みる。だめだ。

直接、持っていこう。買い物に出るつもりだったのでついでに。

原稿を送ってから電気屋さんへ。Nさんがいた。接客してる。

しばらく座って待ってたら来てくれた。で、とりあえず中を調べてみて連絡しますとのこと。後でまた来ますねと伝えていったん帰る。

スーパーに買い物へ。

買うものは回鍋肉(ホイコーロー)用のテンメンジャンと豚バラ。今、一気にできはじめたキャベツを飽きずにおいしく食べる工夫をしているところ。

お魚売り場も見てみた。いつもはあまりいいのがないんだけど、今日はホタテのお刺身がある。それとカワハギも。カワハギのお刺身は好きだから買おうかな…。どうしよう。回鍋肉を作るからなあ…。庭のふきのとうの天ぷらも作る予定。

隣の握りずしをチラッと見たら、うん？

これは…、まぐろの握り。

なんか、すごくおいしそう。見た目で、とてもおいしそうなまぐろだと感じる。テラテラしていて色がきれいでやわらかそう。地中海(ちちゅうかい)マルタ島産本まぐろ。8貫で、1280円（税込み1382円）。ウニといくらのせ。ちょろっとウニといくらが4貫のまぐろの上にのっかってる。

うーん。ここで握りはまず買わないんだけど、これはいいんじゃないかな。

2個あったので、どっちにするかじっくり見て決める。よりおいしそうな方…。

こっちだ。

かごに入れた。それと豚バラ、豚しゃぶ用、鶏肉(とり)、ひき肉、テンメンジャンを買った。


家に帰って、さっそくまぐろの握りを食べる。

おお。やはり、すごくおいしい。ウニといくらはそれほどでもない。ないほうがいいくらい。でもまぐろはよかった。1貫、500円。店によっては1000円、それ以上かも。お正月に冷凍の本まぐろを注文したけど、まったく違う。天と地。

あまりにもおいしかったので、めったにないことだけど、これを買ってセッセとしげちゃんに持って行ってあげようと思い立つ。こんなにおいしいの、食べさせてあげたい。

そこへ電話が。

Nさんだ。直りましたとのこと。やはり大容量のメールがバグッてとどまっていたそう。

「取りに行きます」

いそいそと車に乗り込む。

握り、もうないかもしれない。先にスーパーに寄ろう。

スーパーに着いた。

一直線に刺身売り場に急ぐ。

探す。

あ！

ない。

やっぱり…。だれかが買ったんだ。残り1個しかなかったし。あんなにおいしそうで安かったものね…。

ガッカリしながら、なおもあきらめきれず、周囲を何度も見直す。様々な種類のまぐろの刺身があった。色が悪くておいしくなさそうな、いつもあるやつ。

あーあ。肩を落として、ホタテとカワハギの刺身にゆるゆると手を伸ばし、かごに入れた。夜、食べよう。

しょんぼり…。

でも、いつかまたこういう機会があるかもしれないのでその時は2個買おう。


家に帰って、買ってきたものを冷蔵庫に入れて、庭へ。

ビー助のお墓をちゃんと作ろう。

また畑に行って土をとってくる。

こんもりとかぶせて、ポンポンと整える。

そうだ、古墳みたいにしよう。

前方後円墳…じゃなく、細長い蛇形古墳。


庭の石から苔(こけ)を集めてきました。

表面をくまなく覆って、細い木の枝を短く切り、均等につき刺しておさえる。

いい感じ。

苔の古墳にしよう。ビー助を忘れないように。花もどこかのタイミングで飾りたい。

線香も焚(た)こうか。

あのチベット線香？

いいね。

編集者さんに、滞っていたメールが次々と送られてきたそう。

夕食は、今年初のふきのとうの天ぷら、回鍋肉、ホタテとカワハギのお刺身。

ふきのとうの天ぷらは出始めに食べたいものではあるけど油をたくさん使うのでその後が面倒。1度でいいかも。

映画は「ナイトメア・アリー」。子どもの頃に読んだ海外小説みたいな重厚感。ケイト・ブランシェットの絵のような姿態。

今日は…おいしいまぐろの握りを見つけたこととメールソフトが直ったことがよかったなあ。

**2月15日（木）**

人は夢を見たがるものだし
力のあるものに吸い寄せられたいと思うものだけど

そこで踏ん張って
現実の地面に足をつけていなければいけない
本当の充実感は地に着いた足の底からじわじわと上がってくるものだから

と、今朝のひらめき。

雨が降っている音がする。

起きだして、ゴミ捨てに行かなきゃ。

傘をさしてトコトコとゴミを捨てに行く。帰りに畑を見に行こう。

作業途中の畝の茶色。キャベツやブロッコリーの緑色。いちばんたくさん目に入るのはふさふさとした大根の葉っぱだ。あちらこちらに。

大根。

私が種をまいて育ったのは30本程度だったと思う。そこに、青大根と聖護院かぶがどちらも交雑してしまってふつうの大根みたいになって、20〜30本プラス。そしてこぼれ種の大根が30〜40本。今でもどんどん育ち続けている。

ふう。次は少なめに作ろう。


家に戻って、ビー助の古墳を見下ろす。苔が雨に濡れて鮮やか。

形がリアル。

なのでビー助をありありと思い出す。

もしかすると、大昔、お墓や古墳ってこういうふうに死骸(しがい)の上をこんもり覆った形

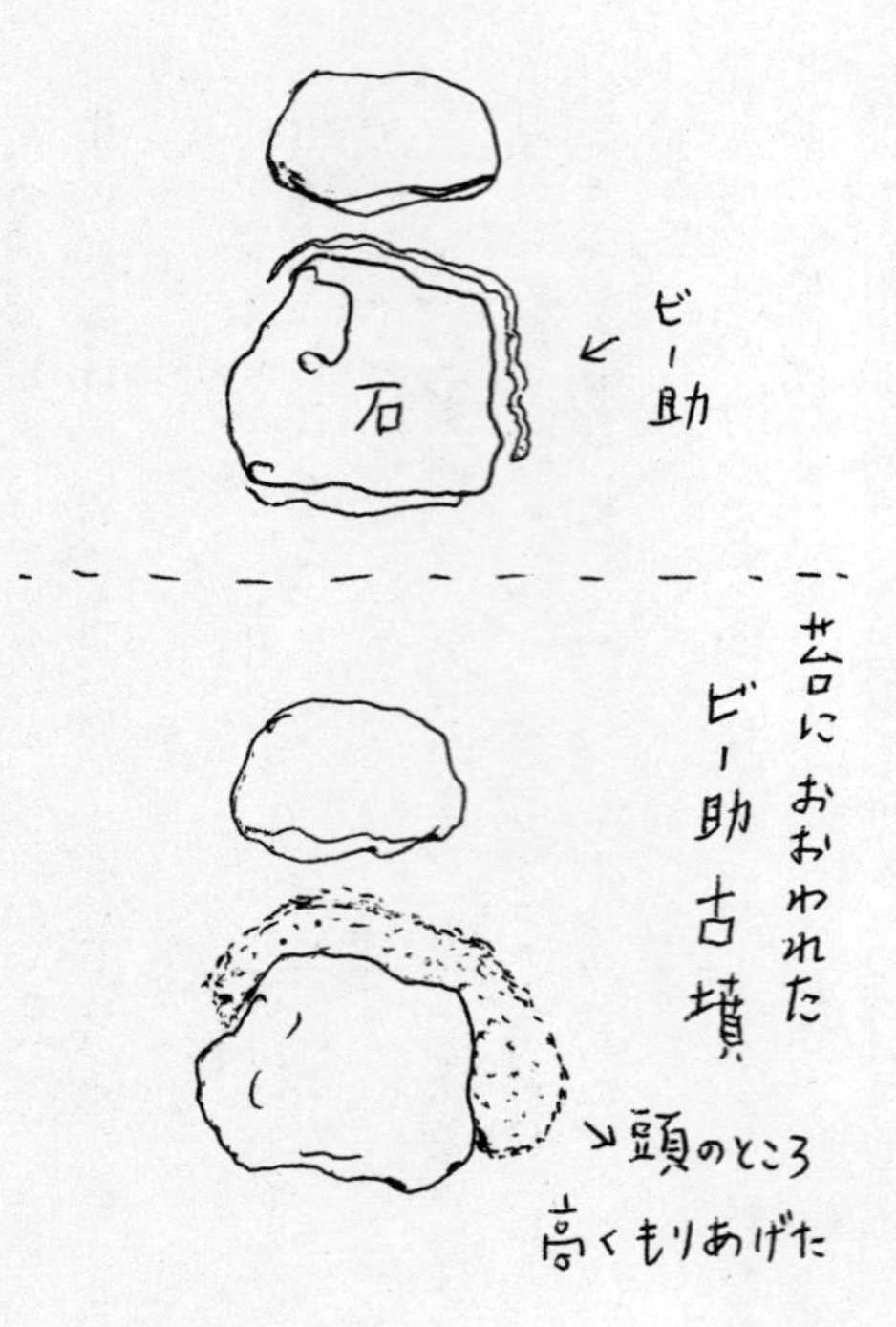

から始まったのかもなあ…。

蛇を見るとビクッとして怖かったので、ビー助には悪いけど、もう見ないですむのはうれしい。

キャベツと花芽の収穫。大根餅をまた作りたい。

映画は「サイレント・ナイト」。世界の終わり系映画。ううむ。キーラ・ナイトレイの顔が印象的だった。


夜、ヒマだったのでパンを焼く。丸いパン。あれこれやってるあいまにコタツの中で発酵させて、わりと簡単にできた。

出来立ての丸パンでこのあいだ買った7種類のはちみつを食べ比べる。それぞれに味が違っておもしろい。ひとつ、そばはちみつだけはクセが強すぎて苦手だった。

パンの味はそれほどおいしいというものではなかったけど、このパンでミニハンバーガーを作りたい。

今更だけど、世の人々が思っていることを率直に話さないことには驚く。私があまり人と接したくないのはそれも理由のひとつ。

**2月16日（金）**

種子島（たねがしま）宇宙センターのH3ロケット試験機2号機の発射が延期されていたのが、明日（あした）、17日に決まったそう。わあ。一度は見てみたかったもの。ここから見えるのだそう。

忘れないように手帳に書きつける。天気もよさそうだし、しっかり南の空を見ていよう。

畑へ。

トウ立ちし始めたので大根の葉を切った。こうやるとスカスカになるのが遅くなるというので。全体的にスッキリした。

午後、外に出たついでに友人のピンちゃんちへ庭と畑を見せてもらいに行く。草むしり中だった。一緒に見て回る。畑にはホトケノザとオオイヌノフグリの花が満開。「土がいいんだね」。

庭で生（な）ったというサワーポメロ（鹿児島文旦（ぶんたん））を5個、いただく。

外の濡れ縁にすわってお茶を飲みながら、最近凝ってる大根餅の話をする。

「初めて作って食べた時はあまりのおいしさに驚いたんだけど、それ以来、それほどおいしくできない。飽きたのかなんなのか。いろいろな切り方、作り方で研究中なの」

## 2月17日（土）

朝のひらめき。

覚えてないけど何か重い考えの渦にグルグル巻きこまれそうになって、あ、いけない、こういう時だ、と気づいた。

そして、「日々起こる出来事には常に誠実に向かいあうけれど、自分の心はいつも軽く、木の葉が水面を流れるように、一陣の風に舞うように、自然な動きに身を任せて生きていこう…」と思った。


さあ、今日は打ち上げを見ないと。

9時22分台に発射なので、30分以上前からライブ中継を見ながらスタンバイ。10分前からは2階に上がって、カメラと双眼鏡も用意して、空を見ながら待つ。

あのあたりかなあ。

種子島は南方向で少しだけ東。あの山のちょっと右あたりのはず。

小さな雲はあるけど快晴。よし。

太陽がまぶしいので窓枠の陰に隠れる。

カウントダウンが始まり、ついに発射。

パソコンの画面と空を交互に見る。

どういう形と大きさで見えるのか見当がつかず、空のあちこちをきょろきょろ見るけど、何も見えない。

うーん。

晴れてるのに見えないのかなあ。

パソコンの画面ではロケットが大きく映っていて白い煙がもくもくしてる。

空の上とか、右、左…、きょろきょろ。

あ！

空の下〜の方に、細いロケット雲が弓なりに見える！

あれだ!!

大慌てでカメラを取って写真を撮る。

ピントが合うかな。

パチ、パチ。

風で、雲の筋がだんだんぼやけていく。

ロケット自体は見えないけどロケット雲の軌跡が見えた。うれしい。

カーブを描いてた。南東の方角に飛んで行ったということなのでこっちから見ると確かにあっちの方向だ。

その後はライブ中継で全部の動作が無事に遂行されたことを見届ける。喜ぶスタッフの方々と共に私も拍手。よかった〜。

畑へ。

畝を作り直す作業を。スコップで土を移動する。暑い。これはきつい。

少しずつやろう。

昨日葉を切った大根を引き抜いて土の中に寝かせる。こうやると長持ちするんだって。

青大根と交雑した大根、青大根と交雑したかぶとで30本ほどあった。

あまり大きく育たなかった芽キャベツと人参、大根、赤大根を収穫して、お昼ご飯は「畑の小さいものたちのスパゲティ」。

夜。サワーポメロを食べてみた。味はおいしかったけど、小さくて平らなひと房の中に種が6~8個も入っていて、うう…と思いながら忍耐強く剥いて食べていたけどだんだん腹が立ってきた。さすがに面倒くさすぎる。実よりも種の方が多いぐらいだ。

## 2月18日（日）

晴れて暖かい。

畑に行って畝の作業。菌ちゃん畝を作っているところ。

深い深い穴を掘っていたら、しげちゃんとセッセが散歩の途中に通りかかる。セッセに昨日のロケット打ち上げの話をしたらとても驚いていた。ここから見えるなんて、と。今度打ち上げがあるときは教えるねと言う。

庭からねむの木の幹を切った丸太を運んできて穴の中に置いていたら、今度はひげじいが散歩の途中に通りかかる。

何をしてるんですか？　と聞くので、丸太や木の葉を入れて肥料にしているところですと教える。へえ～っ、初めて聞いたと驚くひげじい。しばらくあれこれ話す。

外国の映画でよく見る、まるで棺桶ぐらいの大きさの深い長方形の穴が掘れたので、指さして、「死んだらここに埋めて古墳にしてあげますよ」と言ったら、微妙な表情のひげじい。聞こえなかったのか、反応に困ったのか。ついビー助古墳のことが思い出されて。しまった…。


昼過ぎに上がって、シャワーと洗濯。

大根を3本、畑からもってきたので切り干し大根をまた作る。あんまり好きじゃないから全部食べられるかどうかわからないけど。

今度は切り方を変えよう。四角いサイコロ形と短冊形。青大根との交雑なので上半分が黄緑色できれい。


遅いお昼用に野菜を採りに行く。人参は葉っぱが地面に張りついて草と見分けがつかない。まるで宝探しのよう。

菜っ葉類の花芽を摘みながら、小さすぎるものを整理する。

お昼は花芽のソテーと高菜の塩漬けのおにぎり。

サワーポメロに再挑戦。房の中にいちばん多いので10個も種が！　いや〜、もう捨てたい。

タッカー・カールソンによるプーチン大統領のインタビューをいくつかの解説動画で興味深く見る。長いので少しずつ。プーチンさんは主張がはっきりしていて無駄なことを言わないなあ。

前に見たニュース映像で、原爆のきのこ雲を見て拍手をしていたオバマ大統領とサッと十字を切っていたプーチン大統領の姿を思い出した。


夜。

どうにかしたい種だらけのサワーポメロ。あと3個ある。うーん。

2個取って、まな板と包丁を持ってコタツへ。覚悟して種を取ろう。たくさん入ってるのはもう知ってるから淡々と作業を進める。ガラスのボウルに2個分を入れて冷蔵庫へ。明日(あした)食べよう。

**2月19日（月）**

雨。

今日は一日中、雨の予報。

荷物を出しに行って、午後は家の中でのんびり。

すごい雨だ。気持ちいい。

将棋の催し物の動画を見ていたら司会者が集まった子供たちに向かって、「今日1日、楽しんで、まわりの子供たちとも交流を深めてくださいね」と言っていた。

この言葉、子供のころから何百回も聞いたなあと思った。もうだれとも交流を深めなくていいんだ…と思って、しみじみ、ホッとした。

自然にならいいけど、無理してまでは。


自然農をやり進めていくと、だんだん外食をしたくなくなり、食べるものに敏感になる。多くの人々が食べているものを食べたくなくなり、食べたくないものを勧められると困るので人の家に行くのが面倒になり、次第に人づきあいが限られてくる。

そういう流れにどうしてもなっていく。

以前に一時期、菜食とかマクロビに凝ってた時も外食することや人と会うのができにくくなった。

やはり「食」は生活の根源なので、そこが変わると生活の仕方も変わってしまう。

これは自然な流れだろう。

考え方、生活習慣そのものが変わる。

でもそれは、それがいいと自分で選択したことなので、自分の居心地のいい生き方がわかった、はっきりしたということなのだろうなあ。

とにかく、自分が何に幸福を感じるか、だ。

果肉だけを集めて冷蔵庫に入れていたサワーポメロを食べる。これだったらおいしく食べられる。2個分、一気に。

今週と来週のＮＨＫ「鶴瓶（つるべ）の家族に乾杯」はえびの市なので楽しみ。見逃さないようにタイマーをかけとこう。

見ました。おもしろかった。知ってる人や駅や温泉ホテルがでてきた。普通の人がとてもおもしろく映っていて鶴瓶さんの力だと感心した。

さっきふと思ったんだけど…。

ビー助、本当に死んでたのかな。まさかまさか、生き埋めに…。

もしかするとふたたび冬眠していたのか。

心配になって調べたら、暖冬で早く目覚めたあとにまた寒くなって死んでしまうことがあるそう。それかな。

でもし生きていて、私が古墳にしたせいで死んでしまってたり、あるいは古墳の中でまた冬眠していて春になってあの中から出てきたりして…。

## 2月20日（火）

今日は曇りがち。

なので午前中、このあいだ焼いた丸パンでミニハンバーガーを2個、ゆ～っくり作る。畑にレタスをちょこっと採りに行って。コーヒーも淹れて、いい感じ。

次にパンを焼く時はバインミーみたいな細長い形にしようかなあ。

焼く時に上から押さえて平らにして食べやすく…、できれば押さえる道具は横線が出るようなのがいいかも…、斜めに線を入れて…などと想像がふくらむ。

カーカから懐かしい写真が送られてき

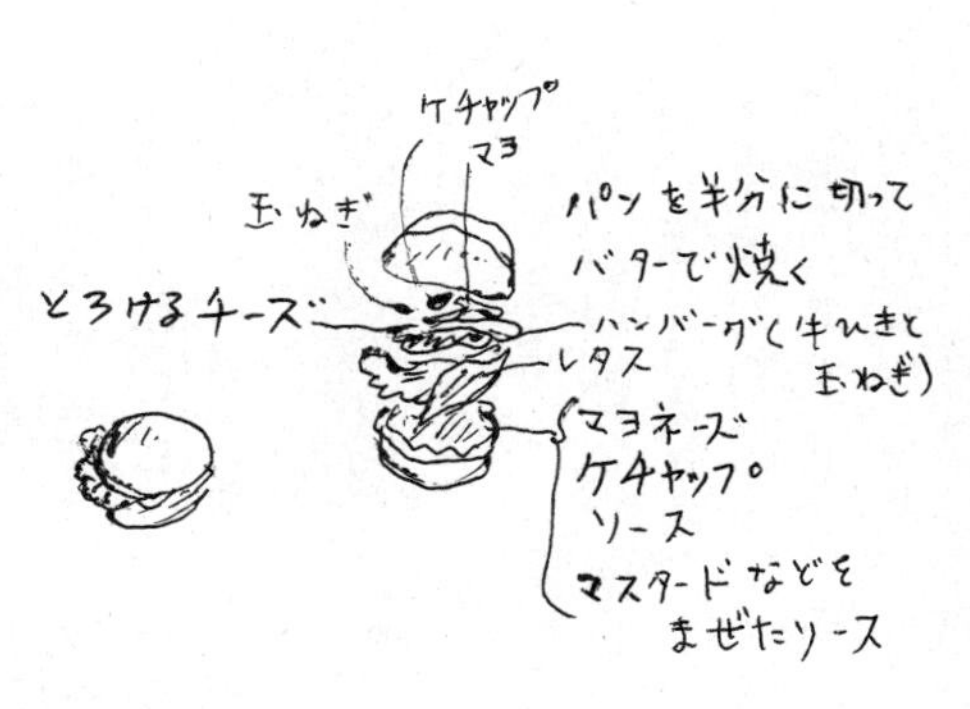


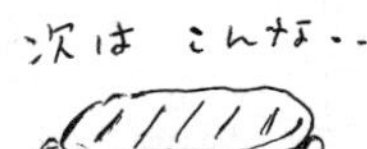

た。前に行ったパリのルーブル美術館で絵を見ている私。これは誰の絵だったかな。ルーブル美術館は広くて、すごくたくさんの絵があった。見学者がほとんどいない部屋もあって、静かで薄暗く厳かな雰囲気だった。

畑で畝づくりの続きの作業。庭の枝葉を集めて入れる。雨が降る前に土をすこしかぶせる。ちょっと作業するだけで汗だく。

夕方、温泉へ。

「最近ますます人が少ないよ」と水玉さんが言っていた。

果物さんがいたので、「ポポーの苗を畑に植えたんですけど、冬を越せなかったみたいでこのあいだ触ったら枝がポキッと折れてしまいました」と話す。切り口が茶色に乾いていたからもしかすると枯れてしまったかも。もう1本はどうだろうなあ。

**2月21日（水）**

夜中、暑くて毛布をはねのけた。

昼間の気温が20度ぐらいなので2月にしてはかなり暖かい。

明け方、またひらめきが。

これからは人や情報でなく自然界に答えを聞く。真っ暗な宇宙にねころんで四方八方の空間に質問を投げかけるイメージ。


歯医者でかたどり。

歯科助手さんの器具の渡し方に厳しいチェック。

「顔の上で渡さない。ここらへん（胸のあたり）で渡してください」

「はい」

私の顔の上で何かを渡そうとしたみたい。

他の患者さんからの伝達で、

「歯茎に痛みがあるそうです」

「人工歯ですか自分の歯ですか」という先生の質問に違うことを答えてる。

「聞かれたことに答えてください」

「はい」

「眠たい答え方をしない」

「はい」

眠たいかはわからないけど、確かにどっちかを言わないと。

帰りにいつものスーパーで買い物。

なんとなくぼんやりと見ていたのがいけなかった。魚売り場のところに新しい商品がならんでいて販売の方が声をかけている。

私にも声をかけてきた。焼き鯖や焼きいかなどを切って冷凍にした商品。レンジで温めてすぐに食べられますという。

へ〜とぼんやり聞いて、チラシだけいただく。

ほかのところを回ってまたそこに行った。焼き鯖の照り焼きというのを買ってみようかな。鯖を焼きながら売っているところがあってたまに買ってるけど、あれとどう違うかな。買っても買わなくてもどっちでもいいけど…と思いながら焼き鯖の照り焼きの一番小さいパックを手に取る。すると、それは量り売りだったみたいでパパッと量って値段をつけてくれた。

「ちょっとおまけして1000円にしときました」

え…。1000円？

高い。焼きたてのは一尾500円ぐらいだから2倍もする。だったらいらない、と思ったけど、もう断れなかった。

しまった…。先に値段を聞くべきだった。

トボトボとレジに向かう。

ぼんやりしていたからだ。悲しい。
今日は雨で、ときどき土砂降り。
スーパーの外に出たらすごい雨。濡れながら車に走る。

家に帰ってからもしばらく気が沈んだ。量は150グラムぐらいだ。裏を見るとたれに様々なものが入っている。買わなきゃよかった。今度から気をつけよう。
私はぼんやりしている時があぶない。

土砂降り。
家の中からガラス越しに庭を見る。すごい雨。
しばらくしてやんだころ、浄化槽の点検の方がいらした。
この豪雨のことや異様に暖かい気温のことをいろいろ話す。

映画は「グレイテスト・ショーマン」。これも2度目。忘れていたけどミュージカル風だった。生きてる実感、夢見る自由、という言葉が印象に残った。ザック・エフロンのつぶらな瞳はいつも星のように輝いているなあ。

## 2月22日（木）

今日から仕事。

その前の心の準備。

いろいろぐずぐず。

庭も10回ぐらい回った。

ここ数日の雨でふきのとうがたくさん出てる。天ぷらは面倒だから今度はふきのとう味噌(みそ)にしようかな。

ジャガイモの植え付けもそろそろだな…。

保存箱を見ると、あ！

もう芽が出てる。

植える用に14個、その他は食べる用に分ける。

ついでにポテトチップスを作ろう。

このジャガイモは大好きなながさき黄金(こがね)。黄色くてうまみが強い。

お塩をふって、食べながらシャンパンを。

ああ〜。

仕事が遠ざかっていく〜。

ブランコ椅子でぶらぶらしてたら、目の前を黒猫が歩いていく。前足を痛めてるみたいで、足を上げて、痛い痛い、ひょこひょこ、と。

しばらくたってから、どうしたかなと進んで行った先の方にある仕事部屋から見てみた。

あら。

仕事部屋の前の洗濯もの干場にごろんと寝ころんでる。

それから15分ぐらいしてからまた見に行ったらもういなかった。

今年はもう薪ストーブは焚かないかもなあ。こんなにあったかいから。ガラスを掃除しよう。アルミホイルをぐしゃっと丸めて水と灰をつけてクルクル回す。茶色い煤がきれいに取れた。

**2月23日（金）**

仕事の日。

忍耐強く、ゆっくりと進める。

雨でふきのとうが一気に飛び出した。5~6個摘んで豚肉の味噌炒めを作る。おいしかった。炒めるとふきのとうが小さくなるのでもっとたくさん使ってもいいんだと思った。

**2月24日（土）**

夜、「徹子の部屋」スペシャルに藤井八冠がゲスト出演するので見る。駒の置き方を指南していて、ひとさし指をスライドさせてパチンと音を立てて置くというのを徹子さんがどうしてもできなくて、「できないわ」と言っていた。私も目の前にあった消しゴムでやってみる。こうかな。こうだ。

徹子さんのすごく昔の映像も見られておもしろかった。

棋王戦第2局を見ながら仕事。少しだけ進んだ。

将棋は藤井棋王の勝ち。

なんか将棋を見るのも少し飽きたかも。よくわからないし。ちょっと見るのはいいけど、ずーっと見続けるのは時間がもったいないような気がしてきた。

**2月25日（日）**

今日も仕事。だらだらしながらがんばる。

昼に畑のブロッコリーや花芽を摘んできてスパゲティを作った。

そして、思った。

その麺はいつだったか、急に「備蓄しなきゃ」と思った時に24袋も注文したもの。それを今ちょっとずつ食べているのだけど、その麺が、まずい。おいしくない。有機スパゲティということで買ったのだったが。

なんか変だな…とぼんやり思いながら食べてきたが、ついに今日、そのことに気づいた。ショック。ああ〜。あれをずっと食べ続けるのか…。いっそのこと、本当に備蓄しとこうか。いつまでもつのかな。


気分転換に夕方、温泉へ。

たまに行くと新鮮。人々が妙に懐かしく感じた。

遠ざかった分だけやさしくなれる。これは人間関係のコツかも。ちょうどいい距離感ってある。

先週の「鶴瓶の家族に乾杯」では温泉が3カ所出てきた。

「この温泉は出なかったけどこの前の道は映ってたね」と水玉さん。明日の夜、後編があるのでまた見よう。

夜、映画「ナイアド」を見る。元アスリートが60歳を越えてキューバからフロリダまで泳いで渡ったという実話の映画化。エンドクレジットで実際の映像と写真が出てきた。演じたアネット・ベニングとジョディ・フォスターが本人たちにとてもよく似ていて驚く。特にジョディ・フォスターは演じた親友役と雰囲気がそっくりで、思わず戻して見直す。髪型や眼鏡が似てるだけでなくその奥の何かが似ていた。

**2月26日（月）**

仕事が終わったのでほっとする。

宅配で送って、帰りに買い物。

「鶴瓶の家族に乾杯」の後編を見たけど前編を見た時ほどの新鮮さはなかった。慣れてしまったのかな。

**2月27日（火）**

畑のデザインを変えてるところ。使いやすくコンパクトに。

ふたつの畝をひとつにまとめるために穴を掘っていたら、バッハさんが通りかかった。

「いつもうまいことやってはるね〜。あの、アスパラは枯れたの？」

「もうすぐ出てきます」

地上部が枯れていて今はなにもない。

しばらくしてアスパラのところに行ったら、なんと3本、小さく出てきてた。

わあ。


スマホに「荷物を届けたけどいなかった」というメッセージが来ていた。変だなと思って調べたら「詐欺です」と書いてあった。詐欺には引っかからないようにしたい。

## 2月28日（水）

庭の紫木蓮（しもくれん）がいつのまにか満開だった。背が高いから気づかなかったわ。

他になにか咲いてないかと庭をよく見たら、ムラサキハナナとクロッカス、ヒヤシンスも咲いていた。

ふきのとうをひとつ摘んで家に上がる。朝食に大きな玉子焼きを作った。砂糖を入れて甘くして虎の模様みたいにところどころ焦がす。

畑の作業の続き。

このあいだ作り直した畝が今は土だけで覆われていて全体が茶色なので雑草をはりつける。ちょこちょこと細かく。ところどころ小さな花が咲いていてかわいい。明日(あした)は雨の予報だからちょうどいいね。ふわっと覆うように育ちますように。

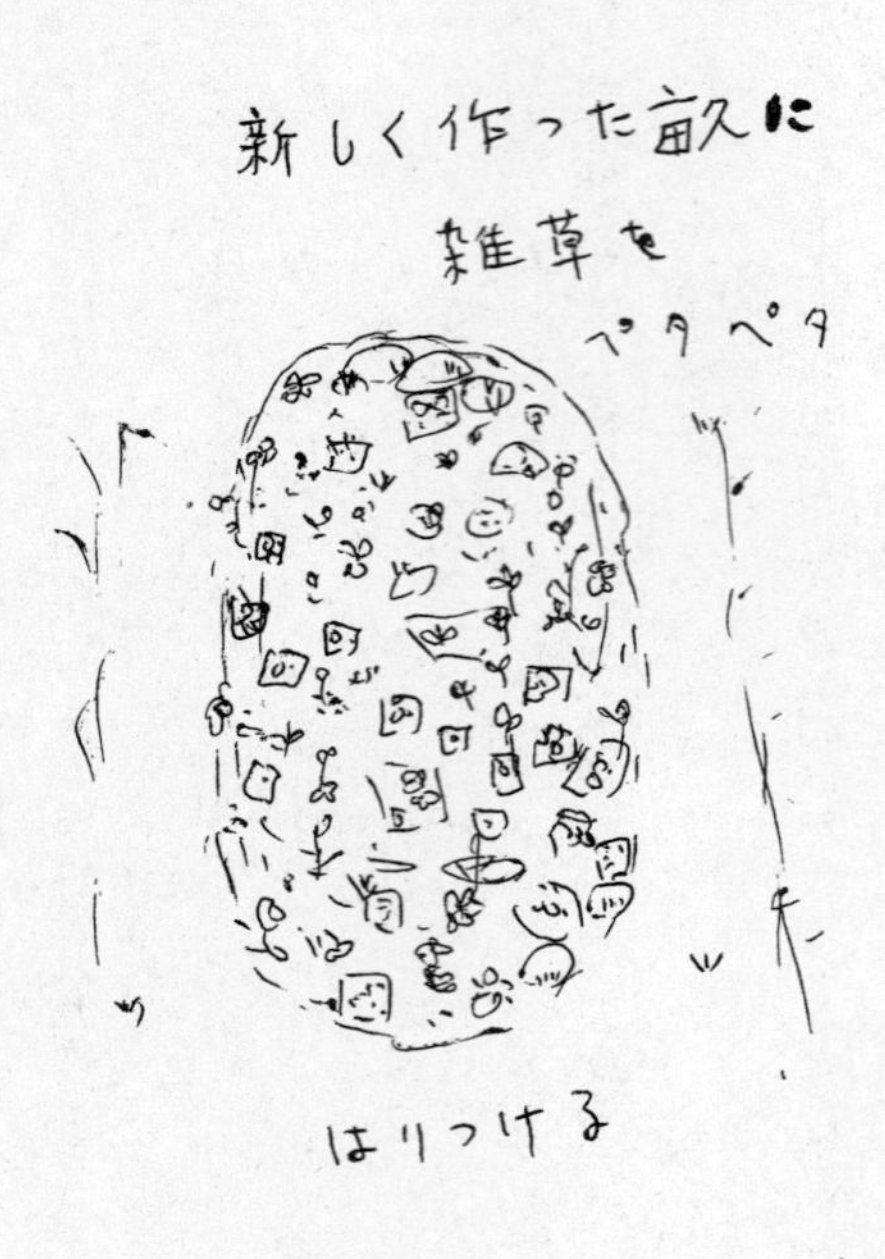

最後に全体をながめて今後どういう風にするかを考える。

大きすぎる畝は小さく小分けして、歩きやすいように畝間を広く。

直線が多いので曲線を多用したいなあ。丸やS字型、U字型の組み合わせとか、いろいろ考えた。


ヒマだったので、たまに行く野菜の直売所におやつを買いに行くことにした。

車でブー。数分で到着。「ふれあい市場」という名前だったことを知る。

野菜が並ぶ平台にのらぼう菜を見つけた。大きな葉っぱがまとめられて袋に入ってる。

あ、と思った。こういうふうに食べるのか。ニゲラさんに苗を2個もらって植えていたのが育って花芽を摘んで食べてるけど、葉っぱも食べられるんだ。知らなかった。

葉っぱも食べよう。

買ったおやつはプリン。プリンはめったに食べないけどここのプリンはおいしいと人気。まろやかで、食べた後に変な味がしない。

さつまいもが10個ぐらい残ってる。小さいのと中ぐらいの。

薪(まき)ストーブはもう使わないだろうからオーブンで焼こう。天板にそのままコロコロと並べて170度で1時間ほど。そしたらすごくおいしくできた。焦げてなくてもおいしい。

夜は芽キャベツの小さいのをソテーしたり、紫からし菜を使ったサラダ。

明日は将棋界の一番長い日と呼ばれているA級順位戦最終一斉対局。静岡市の浮月楼で開催される。その前夜祭があり、藤井名人と大先輩の高齢の棋士おふたりと3人でトークがあった。そのおふたりのトークがかなりの内容（昔っぽく、笑えない冗談）で、みんなのコメントを見ると「聞くに堪えない」とか言ってる。私も苦笑。終わって、「久しぶりにこんな酷い
の見た」と。

藤井名人は笑えない冗談の部分はほぼ無表情で乗り切っていた。そういう場面を見ることができたことがおもしろかった。

## 2月29日（木）

ごちゃごちゃしたことに巻き込まれない秘訣は人を責めないこと、と言ってる人がいて「なるほど」と思う。

人のせいにしている限りは自分の欠点に気づけない。自分をよく知っていればトラブルを手前で防げる可能性が高くなる。遠回りのようで実は。

将棋を見始めたけどたくさんの対局があるし、よくわからないのであきらめて、午後からの藤井名人の解説から見よう。

で、確定申告書の書類づくり。雨だし。

去年、新しい会計ソフトを使いだしてからものすごく簡単になった。そのままネットで送る。ちょっと不安なところもあるけどたぶん大丈夫だろう。

# 3月

## 3月1日（金）

明け方にぼんやり思った。

人と人は感情をぶつけあって、心の中を見せあって、だんだん近くなる。

夫婦って、２本の人参(にんじん)が近づいてぶつかったところであれこれありながら、だんだん１本の人参になっていくような感じだよなあ。

ふたりでひとつになっている。

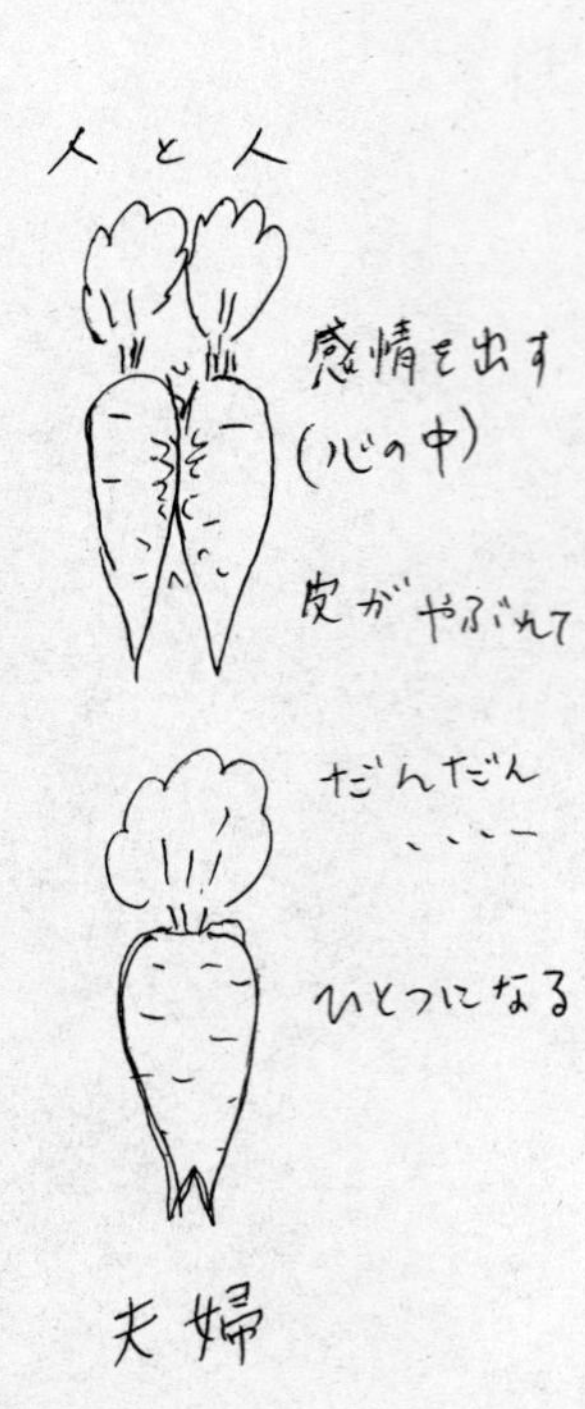

私は長く連れ添われたご夫婦はふたりでひとつの生き物だと捉えている。混ざり具合や割合はそれぞれのカップルによって違うとしても。どちらか一方と話していてもそれはその人だけの考えではなく、ふたりでひとつの生き物の一方の方の意見というか。そのことにその人は気づいていないかもしれないけど。

今日から3月。

使わない銀行口座を解約しに行く。私は使わなくなった口座などはすぐに解約するタイプ。お昼の時間帯、広い店内にお客さんはだれもいなかった。本当に人口が減ってるんだなあと感じる。そういえば何回か来たけど、ここで他のお客さんに会ったことないな。

畑にじゃがいもを植える。今回は14個にしといた。食べる用に買った菊芋も2個植える。

サラダを作る。レタス、紫キャベツ、ルッコラ、赤大根、紫からし菜、生ハム。

## 3月2日（土）

朝方は冷え込んだ。

リビングの大きな照明の電球がつかなくなった。パチパチ点滅したあと。切れたようなので新しいのを買いに行ったら近所のお店にはなかった。2カ所回ったけどない。しょうがなくネットで注文。ひとつ8000円もして驚いたけど10年ぐらいもった気がするのでそういうものか。LEDじゃないのでいつかなくなるかもしれないと思い、2個注文した。

今後、電化製品の備品も製造中止になっていくものが出てくるんだろうなあ…。

この人、いいかも、と思うと、男性の多くが金や女に弱くてガッカリ。こいつもか！　男って…。尊敬できるかと思ったのに。いつもいつもそこでね。そういう生き物だと思うしかない。

世界のニュースなどを見ていると、日本はグローバリズム競争で負けそう。押しの強さには状況的にも性格的にもかなわない。がんじがらめの言いなりかも…。しっかりとした指導者がいつか出てくるのだろうか。

3月3日（日）

いつものように庭をゆっくり歩いていたら、足元に白い種がばらまかれている。ああ。この季節か。鳥がせんだんの木の実をくわえてきて、ここで食べて落とす時季。

ほうきでサッサッと掃いて木の下の枯れ葉置き場に捨てる。

今日は棋王戦第3局だけど、見ていてもわからないのでたまにチェックだけする。

畑から庭に少し土を運ぶ。しげちゃんたちが散歩に寄った。

私は何をしているところか。
この世の中をじっくり観察しているところ。
感想を言うのはまだ早い。

3月4日（月）

歯科医へ。かぶせ物ができる日。

テキパキと進む。手際がいいのがいい。この先生の技術は信頼できる。明日、調整にまた来る。

とても天気がよくて、畑で土を掘っていたらすごく暑くなってきた。

ブロッコリーはほぼ採り終えたので2本だけ残して片づける。

作業の最後に畑全体を上から見下ろして、これからどういうふうにするか、いろいろ考える。

これが楽しい。

大きすぎる畝は削ってS字形か三日月形にしよう。

夜。明日の準備をしていて、バッグの中に財布がないことに気づく。

ドキッ。

あちこち捜す。ない。家じゅうを捜す。ない。

電気をつけてガレージに捜しに行ったら、車の助手席にポツンとあった。

よかった。バッグに蓋がないのでスルッと滑り出たんだ。

留め金をつけようかな…っていつも思ってた。ついにやるか。

## 3月5日（火）

夜中から雨が降り出した。しっとりした朝。

歯のかみ合わせの調整をしてもらって、終了。また夏にクリーニングで。

帰りにいつものスーパーに寄って、ぶらぶら見る。お刺身といくつか手に取る。

値段がわからないものがあったので「これはいくらかわかりますか？」とレジの方に聞いたら、「上の棚に書いてあります」と言われた。たしかにすぐ上に書いてあった。でもその言い方がすごく冷たく感じてヒヤッと思った。いやな気分になったわ。

言い方って客商売では重要だよね…。


家に帰ったら注文していた電球が届いていた。よかった〜。薄暗がりでしばらくすごしていたので調子が出なかったわ。やはり明るいってありがたい。

今日は一日中雨なので、午後は家の中で過ごす。


そういえば最近知って、そうだったのか…と深く思うことがあった。

私はよく、夢を見てすごくいい気持ちになっていた。今はあまりないけど以前は。

あまりにも気持ちがいいので、「あれは死後の世界かも。よく臨死体験した人たちが素晴らしい気分だったと言うしね」などと思い、その世界を楽しみにしていた。

そしたら、ストレスを感じたりして就寝中に歯ぎしりや嚙(か)みしめをするとドーパミンが出て、それがくせになる人がいる、という話を聞いた。

もしかするとそれだったのかも。

最近なくなったのは、たまにマウスピースをつけるようになったから…。

だとしたら、私が楽しみにしていた死後の世界はあれじゃないのかも。

なんか気が抜けたというか、あら〜、残念…という気分。ひそかな期待が冷笑気味に去り、私は今、ポツネンと心の荒野にたたずんでいる。

## 3月6日（水）

お米がなくなりそうなので買いに行った。掛け干しで自然乾燥させたという減農薬米と玄米を購入する。コクゾウムシがわいた籾(もみ)を精米した白米が野菜室に残っているが、備蓄用にしよう。あれを食べる時が来たとしたら相当のことが起こった時かも。

お花の苗を買おうかなあと思ったけど、寒かったので今日はやめとく。

コピー機。パソコンからプリントアウトできなくなってしまった。

どうしてだろう…。ついこのあいだまでできたのに。何度やってもできない。あれこれやってみたけどついにあきらめて、新しいコピー機を注文した。他にも調子の悪いところがあったので。

今度はインクが安いタイプにした。なにしろインクカートリッジが高すぎる。今度の機種のインクは半額ぐらいだそう。

それが届いたのでセッティングをする。わりと簡単にできた。

## 3月7日（木）

今日は剪定（せんてい）をお願いしている。

朝7時。私も間にあうように準備した。そばであれこれ指示する。直径10センチほどの木の幹を3本、バッサリ切ってもらった。木の途中で胴切り。自分でもできそうだったけどなかなか踏み切れなかったトウカエデと桑とトキワマンサク。

今日のメインはシラカシの木の剪定。高さを落とすことと、枝抜き。その並びの背の高いヒメシャラ、クロガネモチ、カツラ、ヤマボウシの木も上の方を切ってもらう。気になっていた一角だったのでスッキリした。

「ザクロは…」と聞いたら、「これは最近元気になってきた木なのでもうすこし様子を見たら」とのこと。

大きな木の幹は薪ストーブ用に切ってもらった。それ以外は私がコツコツ分解する。葉っぱ、小枝、中枝に分けて、たい肥、チップ、焚き付けに。すべて利用できるのがうれしい。ずっと剪定ばさみで枝を切り続けたので指が痛くなる。無理しないように、休み休みやらなければ。ついつい夢中になってしまう。

いつものようにお昼の12時に終了。

「5時から始められたらもっとできたんですけどね」とおじさん。

「いや。7時でよかったです」

夏に頼むと5時からだからね。

今日初めてのご飯を食べてコタツでボーッとしていた。

なんかやっぱり疲れたなあ。重い物を運んだから腰も疲れてる。

温泉でも行こうか。

いつものところじゃない温泉の券がたくさんあるので、そこに行こうかな。帰りに花の苗も見てみよう。

数年ぶりだったので券が使えるかどうか聞いたら、使えた。よかった。

帰りにお花の苗を見に行く。12個も買ってしまった。ヒヤシンス、アネモネ、ムスカリ、金魚草など。

## 3月8日（金）

今日は強風だ。

剪定枝の整理をする。枝から葉っぱを切り落として、袋に入れる。コツコツ。

小枝、大枝をそれぞれにまとめる。少しずつやっていこう。

岡田斗司夫の切り抜き動画が出てきたので見たら、「人生が映画だとしたら、60歳からは伏線回収」と言っていて、「そうそう」と頷く。

ホントそう。過去の出来事の意味が、こういうことだったのかとわかってくる。

まあ、そのわかり方は人それぞれだし、解釈も人によるけど。

わかるというか、納得できるようになる。

だから長く生きることは大事なんだよね。

自分に起こったいろんなことの意味が変化するから。

## 3月9日（土）

畑で畝を整える。

庭では枝の小分け。種類別に分ける。赤い枝はヒメシャラ。丸く広がってるのはヤマボウシ…。

大きさ別の小山ができた。見下ろして満足。

菊の種をトレイに蒔(ま)く。あまりの小ささにびっくり。ゴマの4分の1ぐらい。なんで菊の種を買ったのか…。

明日(あした)の朝は寒いようなので買っていた花の苗を玄関の中に入れる。

あとアスパラ3本が先日の霜でくたっとなってしまったので、今回はちゃんとカバーする。小さな芽がいくつか出かかっていた。

**3月10日(日)**

今日は藤井八冠の将棋の対局が2局もある(どっちも勝った)。

昨日、おとといと朝起きて右手がしびれていた。

どうしたんだろう? 病気かな…と考えていて、ハッと思い当たった。連日、剪定枝を細かく切るために剪定ばさみを使い続けていたからだ。いけない。夢中になりすぎるから。

今日はハサミを使わないようにしよう。なので、畑で使うために庭の枯れ葉を集める作業だけした。

将棋を観戦しながら、ときどき庭仕事。


今、何か願いをかけるとしたら、私は何を願うだろう。

リアルに今の自分が欲しいものを考えると、「あまり気が沈まない、今気にしているいろなことを気にしないような心になる」かな。

でもそうなると、ますます世間離れしそう。

**3月11日（月）**

畝の作業を少しする。今日の予定を終えてから、はしっこに置いてある椅子に座って畑を眺める。

暖かくやわらかな陽ざし。気持ちいいなあ。目をつぶってみる。

うーん。

忘れていたこの感じ。おだやか。この上に日よけをかけて休憩場所を作ろうかな。

長い棒をここに埋め込んで…といろいろ考えてみる。

次に、庭に花の苗を植え付ける。ヒヤシンスはここに。アネモネはここ。アリウム、金魚草、千鳥草…。苗の植え付けって意外と大変。

**3月12日（火）**

今日の朝食は、昨夜のカレイの煮つけ、小さなブロッコリーと花芽とやわらかい菜っ葉のお浸し、自家製ゴマをすって作ったゴマだれ、ふきのとう味噌（みそ）、雑穀入りごはん。

料理は簡単に、楽しくできるよう考え中。

今日は薄曇りなのでコタツに入って読書。途中、目をつぶって空を仰いで瞑想（めいそう）状態に。みつばちマーヤみたいなかわいい生き物が浮かんできた。

今年は苦手な瞑想に挑戦しようかなあ。畑で、庭で、家の中で。瞑想法は自己流。瞑想の嫌な部分を自分好みに変えればできそう。短時間の、好きな形の。

3月13日（水）

畑で畝直しの続き。スコップで土を運ぶ。

ひげじいが通りかかったので作業しながら話す。この道が散歩のコースのひとつになってるんだって。川沿いをぐるっと。途中、ところどころで顔見知りと話しながら。

いつも短パンで、冬でも雪の日も短パンで歩いてるから、「有名になってね」と言う。

庭では引き続き剪定枝（せんてい）の分別作業。疲れない程度に。


あることを、「今日やらなきゃ…、ちょっと嫌だな」と思っていた時、ハッと我に返った。

どうして嫌なんだろう。ただそれを無意識に自分に課していただけかもしれない。

今やらなくていいなら、嫌だと思わない時を待ってやろう、と思いなおす。

たぶん、楽しくそれができる時がある。やることが楽しい、早くやりたい、と思う時が。それか、もうやらなくてもよくなるかも。

3月14日（木）

買い物へ。

4カ所、トントントンと回る。

花の苗もまた買った。庭のあちこちに前に植えたムスカリが咲いているのを見てなんかいいな、もっとたくさん植えたいな、と思ったから。

玄関前をポツポツと花で埋めたい。

そしたら！

家に帰って買ったものをそれぞれ定位置に置いていたら、うん？　きんかんロールケーキがない。

車の中にもない。

もしかすると…、袋詰めするときに目の前にお弁当温め用の電子レンジがあって、「すみません～」と使う人に言われて、「あっ！　すみません」とあわてて横に移動したのだが、あの時に忘れたのかも。お店に電話したら、やっぱり忘れてたそう。

取りに行く。

あーあ。たまにあるね。

帰りはルートを変更して、ドライブ気分で別の道を通った。

夕方、折りたたみいすを庭に出して、オレンジ色の陽ざしを浴びながら小枝から葉っぱを千切る作業をコツコツ。

## 3月15日（金）

朝、車に乗って近くの資源ゴミステーションへ段ボールや電球などを出しに行く。数か月に1回、たまってきたら行くんだけど、私はだいたい半年に1回ぐらい。

ムスカリがかわいいと思ってきて、また昨日のお店に買いに行った。なんでもあるホームセンターで、花の苗コーナーが小規模ながらとてもいい。苗がしっかりしていて丁寧に育てられている感じ。このあいだ見かけたけどご夫婦で卸してるみたい。ムスカリの青と水色を6鉢、アネモネとオダマキも買った。

もうすぐ家に着くというところで向こうから人が歩いてくるのが見えた。

うん？　短パン。

ひげじいだった。

車の窓を下ろして、「オーイ」と手を振る。

庭に花の苗をゆるゆると植えていたら頼んでいた灯油屋さんが来た。入れてもらってるあいだ、時々近づいてあれこれ話す。庭の作業のことなど。

今日は小枝を砕くガーデンシュレッダーを初めて使う。緊張した。

枝を差し込んだらバリバリと砕く音。長い枝がぶるぶる震えて、最初は要領がつかめなかったけどだんだん慣れていった。

砕かれた枝を見てみたら思ったよりも大きかった。2〜3センチぐらいか。

庭に撒いてみた。

うん。いい感じ。

次は、また小枝から葉を摘む作業。こういう作業はずっとできる。3時間ぐらいやったかな。ほぼ終わりかける。4時くらいまでやった。

ラグマットを買い替えようかな…と考えていた。こたつ布団も。

というのは、家で洗えるのがいいと思ったから。今のマットは2畳大なのでもう少し小さい、洗濯機で洗える大きさがいいよなあ。

こたつ布団も気軽に洗えるのはないかな。

で、無印のマットとこたつ布団と、なぜかこたつ本体まで注文してしまった。

それが届いた。こたつは小ぶりでよかった。こたつ布団はチェックの柄と色があまり好みじゃなかったけど軽くていい。マットは薄すぎたので下に敷くのでなくほかの用途に使おう。

ふたたび、洗えるラグマットで検索していたら、とってもかわいい犬模様のマットを発見した。犬がいっぱいちりばめられていて妙にかわいい。

うーん。これ、ほしい。

安かったのでいいかと思い、それを注文したら、それはTの商品だった。セッセのお気に入りのT。私は手を出さないと思っていたのに、あまりのかわいさについ…。

さて、どんなのが届くか。

それと、もう1枚、別のお店で洗えるラグマットを注文した。その2枚を組み合わせたらいいかも。犬のマットがすごく楽しみ。

## 3月16日（土）

昨日もいい天気だったけど今日はもっと暑く、22度になる予報。

朝、畑を見る。霜が降りていた。

うーん。アスパラは大丈夫だろうか。見た目はまだしっかりしているが。霜で傷むとくたっと折れ曲がる。

庭では、昨日シュレッダーで砕いた枝葉を撒いた場所を歩いてみる。いい感じ。

私は時々普通の家庭をうらやましく感じて気が沈むことがある。

お互いに助け合っている夫婦がいて、子どもがいて、なんだかんだありながらも子どもが巣立って、わりと近所に住んで、やがて孫の面倒を見る、みたいな。

そういう家庭がまわりにいくつかあるので、なんだかうらやましく感じる。

でも、だからといって自分がそうなりたいかと問われれば、絶対に嫌だ。できない。私は人と暮らせない。わかっているけど、うらやましくて気が沈む。絶対嫌なのにうらやましい。それはたぶん、そこにある素晴らしさを知っているから。

私はすべてがプラスマイナスゼロだと思っているので、その人たちが持っていないものを私は持っていて、均せば同じなんだと思う。どちらかに分があるのではなく、どの生き方が好みか、どの我慢なら耐えられるかの選択。

だからうらやましがってもしょうがないのに、見るとたまにうらやましい。

この感情の葛藤がだれにとっても人生の課題なのかもしれない。


まあそういう気持ちはいつも、時間がたてば消えていくからね。

徐々に薄まっていくのかなあ。

たぶんそうだね。


午前中は剪定枝の整理の続き。

畑から土を持ってきて、葉っぱと交互に置いて小高く盛り上げる。腐葉土を作ろう。

午後、ピンちゃんちに寄って、一緒に花の苗を見に行く。

大きな温室のある園芸センターで、お店というより、お花の苗を作っているところ。そこにあることは知っていて覗いたことはあるけど買ったことはない。

温室に入っていくと、女性がひとり、苗の手入れをしていた。

「すみません〜。ちょっと見せてもらってもいいですか？」と声を掛けたら、元気そうな声で、「もうあんまりないのよね〜」と言いながら、「ラナンキュラスラックスがすこしあるから持ってきましょうか」と取りに行ってくれた。

カートに10鉢ほど載せて戻ってきて、「残りだから1000円でいいわ」。

ということで私は5鉢も買ってしまった。ピンちゃんは2鉢。小さいお花も2つ買ったら、あと2つ、小さなお花をおまけしてくれた。

思いがけず買ってしまったわ…。

それからもう一軒、ガーデンショップに寄って、そこでは何も買わず、ピンちゃんちに戻る。

風の通る外の日陰で麦茶を飲みながらしばらく談笑。

近くで売られているという無人販売のいちごをいただく。フレッシュでおいしい。

２００円で売ってて、人気ですぐになくなるんだって。

帰りにひとパックお土産にもらってうれしい気持ち。

ひさしぶりにいつもの温泉へ。受付に見知らぬ人が座ってた。土曜日のせいかお客さんが多い。サウナに顔見知り（よく笑う明るい人）がいたのでポツポツ話す。

3月17日（日）

朝方、きのうの続きを考えていた。

私は自分に関わる物事は自分で決めたい、自分の意志と直感で、というのが人生の最優先事項だと、わりと最近わかった。

そして、いつ、だれに対しても、その人の意見を尊重したいし、その人の思いを通してほしいと願う。

なので結婚したりすると、その自分で決めたい気持ちと相手の思いを通してほしいという気持ちが私の中でぶつかってしまう。それがかなりのストレスになる。

なので人と一緒に生きることはできないと、経験してみて思った。

世の中を観察すると、男女が逆ならわりと大丈夫。独自の生き方をする夫を支える妻、という形は一般的によくある。変わり者の夫だけどちゃんと稼いで一家を支え、妻は夫をサポートしつつ家の中を管理する、みたいな。役割分担をうまくやってるという形。私が女だから難しい。今の世の中の価値観の中ではね。

で、自分のことは自分で決めたかった私は、その時その時のベスト（あるいはまだまし）を自分の意志でチョイスしてここまできた。

なので今のこの状態がベストの人生。今のこれしかありえない。今の自分しか。

…というふうに考えていくと、スッキリする。

そう。これしかありえなくて、これがベストなんじゃん。私には。

ちょっとうらやましいと感じた他人の家族の主人公は私じゃない。

まったく違うわ、ってことになる。

表面的な感情でもやっとすることも、じっくりひも解いて考えると、なーんだ、そんなことを思うなんてありえない！　っていう答えに行きついたりするから、もやもやでとどまらず、それを突き抜けて奥にある芯の部分を考えるのは大事だわ。

上流に戻るっていうか、源流までさかのぼりながら分岐点を次々とたどっていけば、「あ、ここか」に行きつく。

ということで、今日は雨でとても重要な将棋が2局。

棋王戦第4局とNHK杯の決勝。じっくり楽しもう。

またやってしまった。間違った大きさのものを注文してしまった。

庭の東西に張った獣よけのネット。穴が大きすぎてスルリと猫が通ったので緑色の園芸ネットを2重に張ったんだけど、その緑色が目立っていて不自然でずっと気になっていた。それで穴の小さい黒か茶色のネットを探して、昨夜注文した。

そして今、庭をぶらぶら見ていたら、ハッ、とした。

2メートル×2メートルを2個、注文したんだけど、東側は幅が狭いので1メートル×2メートルでよかったじゃん。

急いで家に戻って、大きさを変更できるか確認したらすでに発送済みだった。

うーん。到着後に大きさを変更してもらおうか…。でもそのショップには1メートル×2メートルはなかった。しょうがない。ふたつに折りたたんで使うか…。

失敗したわ。よく確認しなきゃ。この場所のネットに関してはどうもしっくりせず、ずっと試行錯誤している。

**3月18日（月）**

またもや続き。

他の見方をすると、そのストレスを感じずにすむ相手と出会わなかったということでもあり、そういうストレスを感じずにすむような自分になれなかった（そこを解決できなかった）ということでもある。

いずれにしても私は今の自分に不満はない。この人生はかなりいい、かなりよかったと思える。自分の考えで決めてこれたから。

たとえるとするなら、過去世でまったく自由のない、自分で何も決められないような窮屈で苦しい人生を送り、「次に生まれ変わったら思う存分、自分の思うとおりに意思決定して生きていきたい。ほぼ、ではなく100パーセント。なにからなにまで全部！　それによって引き起こされるマイナス面ももちろん引き受けるから」と強い決意をして生まれ変わってきたような感じ。

「くそーっ、次はゼッテー思うままに生きてやるーっ！」と心の奥から叫ぶ過去の自分…。

そうそう。そういうイメージがしっくりくる。腑に落ちる。

私にとって、人に気を遣わず、気兼ねなく生きる形が今のこれ。自由のない生活は前に死ぬほどやったわ、って。

そんな感じにね、人ってひとつの人生を、あるテーマを持って生きているような気がする。どうしても今回はこれで、っていう。私のは、「自分で決める、自分で決めたい」。

そう考えると私は自分を許せるね。

よし、このまま行け！

変わり者と言われても、頑固者と言われても、
自分の考えで何から何まで決めてみろ、私！　思う存分！

やれ！

そしてその結果と感覚をじっくりと味わえ！

…たしかに、日々、身に染みてる。あの頃（過去世）を思えば、いまのこの自由意思と決定権がなによりうれしい。

なにより、なにより、うれしい。それだけでもういい。

このことを忘れた時に、気が弱くなり、心がぐらつく。いつも覚えていなければ。

いつも忘れずに、いつも心にこのことを。

さて昨日、重曹水を飲む動画を見つけて、そういえば前に飲んでたけどいつのまにか飲まなくなったなあ…と思い、台所を見るとまだ重曹を入れた瓶があった。体調がよくなるとかぐっすり眠れるとか言ってる。また飲もうか。重曹水、クエン酸水も。

で、飲んで寝たら、朝、驚いた。

7時ぐらいまでぐっすり寝て、目覚めスッキリ。

がんじがらめで

自由のない人生

次は
ぜったい
ぜったい
ぜったい
ぜったい
自由に生きるぞ

いつもならもっと早くにところどころで目が覚めるのに。重曹の効果だろうか。こんなに早く？　首をかしげながらもしばらく続けようと思った。

ゴミを出して帰りに畑へ。のらぼう菜と小松菜の花芽を摘む。今年初のアスパラも1本。

花芽の胡麻お浸し、アスパラソテー、昨夜のカボチャの煮つけ3個、ちょっとだけ残っていたごはん、で朝食。ゆっくりと調理する。量も少し。なのでとても大事においしく食べられて、食後もスッキリ。こういう食事がいいなあ。こういう食事をめざそう。

ラナンキュラスラックスを玄関前に植えようと思うけど、ここは数センチ下に硬い石の層があるのでそれ以上深く掘るにはガツガツと砕かないといけない。どうしよう。鉄の杭みたいなのがほしい。それをハンマーで打って…。買いに行ってみよう。

今日は暑くなる予報なので半袖でいいか。

まずコンビニに寄って荷物を出す。レジの女性が「わあ。寒くないですか？」と私の半袖を見て言う。

「寒いです〜。ちょっと間違えました。昼間は気温が上がるそうだけど、まだ朝は寒いですね」

お互いニコニコ、楽しく会話してうれしくなる。いいなあ。

こういう人が何人かいれば気が沈んだ時に会いに行って、ちょっと話せば、気がパッと晴れるね。お店とか気楽に寄れる場所に。


ホームセンターで大きな鉄の釘みたいなのを探す。これかなあ。タガネって書いてある。これでいいか。

球根コーナーを見てたらまた欲しくなった。暖かくなると急に花の苗や球根が欲しくなる。レッドカサブランカ、3色のカラー、ポンポンダリア、グラジオラス2色を購入。

次にまたあのムスカリを買いに行く。飛び石のまわりに並べて植えたくなったから。もうあと残り5鉢になっていたので全部かごに入れる。それとまたオダマキとアネモネも。


畑で畝の作業の続き。

次に庭に花の苗を植える。ラナンキュラスラックスを飛び石のまわりに植えて遠くから見てみた。この花は花びらに光沢があってペカペカ光る。それを見て…、「あまり好きじゃないかも…」と思う。きゃあ〜。全然好きじゃない。こんなにテカテカ。でも、そのうち落ち着いたらよくなるかもしれない。今は植えたばっかりでまだしっくりきてないだけ。去年買ったラナンキュラスラックスがグミの木の根元から大きな葉を広げてる。つぼみがついててもうすぐ咲きそう。それは景色に溶け込んでいる。

疲れたので家に入る。花芽を摘んできて、今日のお昼は菜の花うどん。

## 3月19日（火）

また続き。

過去世というのは、同時に存在する別次元の自分ともいえる。

時間の流れというのはなく、同時にすべてが存在するともいうので。

別次元の自分というのは、自分の一部ともいえる。たくさんの部分が集まって自分になるとすればその部分部分が分かれて別のところに存在しているともいえる。その自分は今のこの自分にとどまらず、もっと大きな自分だ。

…ということを今朝がた考えていた。

昨日、重曹水を飲んだけど、夜中の3時半に目が覚めて朝までなんとなく起きていたのです。ううむ。重曹パワーはどこに…。


夜中に雨が降ったようで庭が濡れていた。

今日は近くの鹿児島県湧水町の酒屋さんへ行く予定。

このあいだ界霧島に泊まったときに鹿児島の焼酎をいろいろ味見して興味を持ち、どんな焼酎があるのかと調べていたら飲んでみたい焼酎を見つけた。国分酒造のサニークリームというの。濃厚なバナナのような香り、らしい。

国分酒造に電話して販売店を聞いて、昨日電話したら在庫があったので今日買いに行く。販売数が少ないので手に入りにくいみたい。

ついでにいつものうなぎを買ってこようかな。あ、駅で売ってる鶏の地獄蒸しも。近くのケーキも。ピンク色のムスカリを探しているのでコメリにも寄ってみよう。


行ってきました。

まず酒屋さんに行って、「サニークリーム」を受け取る。ついでに同じ酒造から出ている風味豊かな2種も気になって購入。桜島の灰干し干物も買ってしまった。おまけにもち麦パンをもらった。いい感じの方だった。

「また来ます〜」

「感想教えてくださいね」

ニコニコ顔で挨拶して去る。

それから駅で鶏の地獄蒸し、お茶、コンニャク。ケーキ屋さんで手作りチョコレートやクロワッサンなど。いつものうなぎ屋でうなぎ、ふれあい市場でタケノコとごぼうを買った。ピンクのムスカリはなかった。

2時間で6カ所めぐったわ。家に戻ってカフェオレを作り、クロワッサンとショートケーキを食べる。クロワッサンがパリパリしてておいしかった。

ふう。

夜、「サニークリーム」を飲んでみた。ホントだ。子どもの頃に食べたバナナアイスのような香りがする。

**3月20日（水）**

春分の日。

すごく風が強い。庭にいたら怖いほどで、何か飛んで来ないかと思わず頭上を見渡した。

ビー助古墳のシッポのあたりにすみれの花が咲いていた。

ラナンキュラスラックスの開きすぎた花を摘んで古墳を飾る。


Tの犬のラグマットが来た！

すごいグシャッとした梱包で。おそるおそる開けてみる。

薄い。色も薄い。うーん。まあ…、こういうものか。でも下手な絵がかわいい…。


手作業をしながらMLBソウル開幕戦を見る。最近出会ったおもしろい動画のライブ配信とともに。大谷結婚ショックで盛り上がってて聞きながら大笑い。

ダルビッシュは落ち着いていてクール。

## 3月21日（木）

リビングの照明がまたチラチラし始めた。

何度スイッチを入れても点かない。基板の寿命か。

しょうがないので新しい照明器具を注文した。最近はもうほぼLEDになってるんだね。今使ってる照明の蛍光灯は高かったからよかったわ。

このところいろいろなものをダウンサイジングしながら買い替えている。

畑と庭の作業。

剪定枝をガーデンシュレッダーで細かくする。これは便利。ゴゴゴー、バリバリ、と砕かれていく。ある程度たまったら木の下などに撒く。それを4回繰り返した。

ああ。疲れた。大きな枝はほぼ終わった。あとは小枝類。

## 3月22日（金）

明日から雨になりそうなので人参の種をまくのにちょうどいいタイミング。

人参とねぎの種を持って畑へ。

草を刈って、種をまいて、上にもみ殻燻炭をかぶせる。足で踏んで圧着。

庭ではガーデンシュレッダーで粉砕の続き。砕いた枝葉を木の下に撒いた。

剪定ばさみを手に庭をまわり、地面の気になる枯れ枝を細かくチョキチョキ。

## 3月23日（土）

雨。

注文していた球根（オトメユリ、クロユリ、カタクリなど）と照明器具が届いた。

天井の照明は日によって点いたり点かなかったり。今日は点いたのでしばらくこのままで様子をみよう。

球根は、注文したあとにいつも買うお店の方が安かったことを発見してガックリ。

確かになんか高いなあと思ったわ…。

3月24日（日）

今日も雨。天気予報では大雨となってる。

人参とねぎの種、大丈夫だろうか。流されてないだろうか。


このあいだの春分の日、ピアノの演奏を聞きながら瞑想（めいそう）をするというライブチャンネルがあったので見てみたら、それは誘導瞑想で、主催者による言葉の誘導に従って瞑想するというのだった。でも途中からだんだんその指示に従うのが嫌になり、ピアノの音を聞きながら独自の誘導瞑想を始めた。

私は今、地球の上に立っていて、足の裏に大地を感じる。両手を広げ、だんだん心も広がって…と。体にどんどん風が通っていき、形がなくなっていくイメージ。

すると、過去にどこからも断られた風変わりなお話（まるピンク）を電子書籍で作ってアマゾンで出そうかな…となんだか急にひらめいた。

**3月25日（月）**

引き続き雨。

なにするでもなく家の中でちょこまかとすごす。

**3月26日（火）**

すごい風と雨の音で夜中の2時過ぎに目が覚める。

台所に行って水を飲んだらシンクの汚れが目に入った。

掃除するか。ゴム手袋をはめてパイプまでブラシでゴシゴシ。

大谷翔平（しょうへい）の会見。ホント、驚きの展開。精神的ショックは大きいだろうなあ。

夜、このあいだのベトナム料理屋さんへ年下の友人アイちゃんとフォーを食べに行く。外はすごく寒い。なんだこれはという寒さ。外に出てからあわててマフラーを取りに戻る。

迎えに行って車の中で待っていたら、待ち合わせに15分ほど遅れるとの連絡。

カラス除（よ）け網に絡まっていたカラスを助けていたそう。こういうこと、多い。これは彼女のやさしいところ。

**3月27日（水）**

青空。いい天気！

ひさしぶりだ。

ゴミ置き場に空き瓶を置いてから畑にまわって、ねぎ坊主や花芽を摘む。今日の朝ごはん。

すがすがしいなあ。長い雨の後に晴れるとやる気が出てくる。

畑でS字の畝を作り、庭では黒百合（くろゆり）を植えつける。

**3月28日（木）**

今日は曇り。時々雨。

ぼんやりとすごす。

**3月29日（金）**

今日は晴れ！

晴れるととたんにやる気が出てくる。

ほうれん草の種をまいて、庭の木の下に敷いた小枝を細かく切る作業をする。

またやってしまったか！

食材は大量に買わないと決めたのに。マカデミアナッツ1キロ、ココナッツチップ500グラムが今日届いた。とても大きな袋だった。

このあとアーモンドスライスとドライ苺が届くはず。

なぜかというと、アーモンドスライスといろいろでフロランタンを作ろうと思いついたから。ドライ苺がわずかな酸味のアクセント。

まあ、楽しみは楽しみ。

## 3月30日（土）

となりの家の棕櫚の根が石垣を崩壊させていて、大きな石が2個ほど、もううちの敷地内に落下している。うーむ。大丈夫かな？

今は空き家になっていて、おじちゃんがたまに草刈りに来る。その時に棕櫚の葉をバッサリ刈り取っているけど、まだ生きている。今度おじちゃんが来た時に話してみよう。ここ、危ないかも〜って。

暑い。

気温は25度。庭のあちこちでちょこちょこ敷いた枝葉の整理。枝を細かく切ったり彼岸花の球根を抜いたり。

作業しながらふと見かけた暇空茜（ひまそらあかね）と町山智浩（まちやまともひろ）の話し合い動画を聞く。お互いのポストの内容で討論することがあったらしく。

4時間近くもあった。えっ！　と驚いたり、ワハハと笑ったり、絶句したりで、飽きなかった。それにしても町山智浩には驚いた。こんな人だったのか…。

一気に庭の花が咲き始めた。ドウダンツツジ、しだれ桜、アジュガ。エビネ蘭ももう咲きそう。

**3月31日（日）**

今日も暑い。夏野菜の種をトレイに蒔（ま）く。さつまいもの種イモを畑に埋めた。

庭では変わらず小枝整理。

# 4月

## 4月1日(月)

今日は24度。明日(あした)は27度だって。
畑で、畝の上を歩いてモグラの穴をつぶす。あまり効果はなさそうだが。

午後、買い物に行って食料を補充。
道の駅でエビネ蘭を見る。まだあまり咲いていなかった。５００円から数千円のものまで。私はエビネ蘭は８００円以下のものしか買わないことにしている。そうすると色が限られてくるので毎回、何度も眺めて、うーん、うーん、と考える。今あるのと違う色がいいよねえ。今度写真に撮っておこう。咲いた頃にまた来よう。

まるピンクの絵をiPadで描こう、とひらめいた。
よし、iPadを買おう！
どの機種がいいか調べる。いろいろ考えて、iPad Proに決めた。
で、さっそく、注文した。本体、ペンシル、カバー、キーボード、保護フィルム。
高額なので最後のボタンを押す時には緊張した。
がんばって楽しく使いこなしたい。できるだろうか。飽きっぽいので、ちと自信がないが。

庭ではますますいろんな花が咲いてきた。バナナの匂いのカラタネオガタマもついに。

電子書籍、キンドルダイレクト・パブリッシングの研究をしていてふと思った。これだったらマニアックな面白いものを気軽に作れそう。

なんというか…本という形にとらわれない、メッセージみたいなもの。蓋(ふた)の閉じられる手紙。スマホギャラリー。自由なアート…。

なんかいろいろ想像がふくらむ。ゆっくり研究しよう。

## 4月2日（火）

朝起きて畑に行ってみた。

人参(にんじん)の芽がでている。

ふた筋まいて、一方は秋に種取りしたもの、もう一方はおととし購入した種。種取りした方はよく出ていた。おととしの種はほとんど出ていない。蒔(ま)きなおそうか。

ふと鏡を見たら、黄緑色のガーゼのシャツの下の一太Tシャツ。なんかいい組み合わせ。

4月3日（水）

大雨と大風。

すごい音がする。怖いほどだ。何かが飛んできそう。

洗濯もの干し場の下に置いていたガーデンシュレッダーを一番深いところに避難させた。

今日は一日中、家の中でまったりすごそう。

大量に買いすぎたナッツ類を小分けする。マカデミアナッツ1キロ、ドライココナッツチップ500グラムを小袋に入れてシール。コツコツ。なんで1キロも買ったのか。

iPadが来た！

箱から出して、保護フィルム貼って、iPhoneと連携して、お絵かきアプリ「Procreate」を入れて、さっそく練習。ひと通りいろんな線を描いてみる。シャカシャカ。

## 4月4日（木）

曇りですね…。

ハンモック椅子に座ってぼんやりしていたら、すぐ目の前、窓の外の藤棚に山鳩が飛んできた。そういえば最近このあたりで山鳩が鳴いていたな…と思ってふと左側を見たら、もう一羽の山鳩がいた。

ああ。またここに巣を作っているんだ。ここに作ったら風で卵が落ちるのに。以前にも巣を作って、下に卵が落ちて割れていたのを見た。うーん。


午後2時、クロネコヤマトに荷物を出しに行く。

あれ？　配送用の車がズラリと並んでいる。いつもは出払っているのに…。

4月からの改革でこうなったのか！

荷物を出す時、そのことを聞いてみたら、「この時間はちょうど休憩時間でみんな帰ってくるんですよ」とのこと。

ああ、そうだったのか。いつもと違う時間に来たからね。

帰りに買い物。カラーの球根2個（赤とオレンジ）を買ってしまった。

鉄製のふくろうのキャンドルスタンド。

すき間を利用して花を活けたらいいのではと思い、庭の花を摘んできて活けてみた。

どうだろう。花ふくろう。


カラー。

去年、赤いのを買って、すごくよかったなあ。キリッとしていて、目に入るたびにハッと見とれたものだった。深紅が鮮やかで葉っぱに白い点々が入ってて…。白いのを買ったんだけど咲いたら赤だったという。えっ？　と思ってラベルを見直したらやっぱり白で、販売側で間違ったもよう。赤だったら買わなかったから、ケガの功名。

もっと買いたくなってきた。庭をぐるりとひとまわりして、ここにあったらいいなあ、ここはどうだろう、と想像しながら植えたい場所を考えた。

8カ所ぐらいあったわ。8個、買うか。どうしようか。

ハイブリッドの紫のグラデーションのやつ、欲しい。しばらく考えよう。


畑にサッと行って、枝豆の種を埋めてきた。ほうれん草の芽が出てるすぐ下をもぐらが通ったようで土が丸く盛り上がっていた。ああ。ここにもぐらの道があるのか…。強く押さえることができず、手でちょっとだけ押して整える。

夜。カラーの球根を注文してしまった。けど2個だけ。グラデーションになってる紫とピンク。あとはこれからゆっくり集めよう。

**4月5日（金）**

そういえば、畑のレモンの木が枯れた。茶色になってカラカラになってる。冬に葉っぱが全部落ちていることに気づき、春になったらどこからか新芽が出ないかと待っていたけど出なかった。ますます枝が黒く乾いてきてる。庭から移植した時に弱ったのかもしれない。残念。

今日も雨。

**4月6日（土）**

小雨の中、用事をすませに外へ。
車で走っていたら国道沿いを傘もささずに歩いてる人とすれ違った。ガニ股（また）、短パン、赤いキャップ。ひげじいだ！
今日も散歩かな。

土曜日って混んでるんだと思いながら用事をすませ、ついでに買い物。花の苗と球根をまた買う。バゲットも買った。近頃簡単ハンバーガーを作るのに凝ってる。また作ろう。

畑を見に行ったらほうれん草の畝をまたもぐらが通っていた。ドーム状に盛り上がってる。このすぐ下に道があるのならもう何度押しても無駄だと思い、そのままにしておく。この状態で生き残ったものを育てるしかない。

**4月7日（日）**

雨なので叡王戦第1局を見ながら家でだらだら。でも藤井イトタク戦は高度すぎて私にはまったくわからない。解説者もわからないと言ってる。なのでほぼBGMがわり。

傘をさして何度も庭を回る。毎日木や花に変化があって楽しい。ワイルド挿し木牧場に挿していたオオヤマレンゲの剪定枝（せんてい）から新芽が出てる。小さく切って30本ぐらい挿したら、なんと20数本から芽が！　出すぎ。

どうしよう…。小さな鉢に鉢上げして全部育ててみようか。オオヤマレンゲの花はとてもきれいだし。

**4月8日（月）**

雨。

ハンモック椅子に座っていたら、地震。大したことはなかった。

ふと見上げるとモッコウバラの棚に山鳩がいた。静かに巣に収まってる。巣を作ったのよ。ここに。

アメリカでは皆既日食。

夜。ハンモック椅子に座っていてふと思った。こんな雨の夜、山鳩はどうしてる？窓に近づいてみたけど暗くて見えなかったので懐中電灯を持ってきて照らしてみた。いたいた。

窓にはやもりがペタリと張りついていた。あら。ラッキー（だったかな）？今年初。

ビー助といい、山鳩、やもり。私は生き物の世話が苦手なので一緒には住めないが、こういうふうに少し離れた近くにいるのをなんとなく気にして見ている、という距離感がちょうどいいなあ。それぞれに独立して生活しながら、でも存在は感じているというふうに。人間に対しても同じだな。

**4月9日（火）**

ひさしぶりに晴れたのでやることがいっぱい。

草刈り機で道路際の草を刈った。じゃがいもにちょっとだけ土寄せ。

庭では花の球根や苗を植えつける。

太陽の光を浴びると疲れる。その疲れがとてもいい。夜はすぐに眠くなる。この眠さがいい。

**4月10日（水）**

今日から名人戦。相手は豊島九段。椿山荘でやってる。

たまに見ながら庭や畑の作業をする。

何か来た。なんだろう。

あ、カラーの球根が2個。忘れてたわ。グラデーションありの紫とピンク。ヤマモモの木の下に植えつけた。

**4月11日（木）**

山鳩、見上げるといつもそこにいる。ずーっと、じーっと。

卵を抱いているのだろうか…。雌の方かな。バト子。

名人戦第1局は藤井名人の勝ち。驚くような名局だった…らしい。評価値的には大逆転。見届けて、早めに就寝。

**4月12日（金）**

怖い夢を見た。叫んだけど声が出なくて苦しかった。ハアハア。


買い物へ。

ふんふんふん。

お肉やお魚を見る。お魚は今日は買いたいのがなかったので鶏（とり）もも肉を買った。夜、ジューッと甘辛く焼こうかな。

今、畑に野菜がほとんどない端境期。

アスパラがたまに出てる。玉ねぎはまだ大きくなってないので葉玉ねぎとして今朝、炒(いた)めて食べた。ニラはあるから明日(あした)はニラ玉を作ろうか…。
庭にふきが出てきたのでふきを食べるかな。
500円のエビネランを2個買ったので庭に植える。
お、もう夕方。
今日は一日が早く過ぎたなあ。

夜、久々に映画を最後まで見た。「Saltburn」。サスペンススリラーというのか。この主人公の独特な顔は「聖なる鹿殺し」の人だ！　と思って見始めたら、興味をひかれて最後まで一気に。途中、ちょっと気持ち悪い場面があったのでそこは目をそらして。画面もおしゃれだった。

**4月13日（土）**

今日は特に何もすることがない。

午前中、ふれあい市場に行って、「何かないかなあ～」。

スナップエンドウ、壺(つぼ)焼きの焼き芋、ミニトマト、温泉玉子を買う。

それから昨日見たブルーデージーが気になって、ホームセンターに買いに行く。3鉢買った。帰ろうとしたらラベンダーの匂いがよくて、3種類、5つ買う。

道路を走っていたら、丸い形の木がかわいかった。どうしよう。写真を撮りたい。すごく気になって、家に帰ってからカメラをとって引き返す。丸い形の木の写真を撮った。

**4月14日（日）**

晴れて、風が強い。

畑でインゲン豆の種まき。

庭ではいつものように歩き回りながら気になったところを手入れする。毎日ちょこちょこやってるのでだんだん細部がきれいになってきた気がする。

ブルーベリーの花が咲いていたのが散っていた。強剪定をしばらく続けて仕立て直したので今年はたくさん実がなるかも。そしたらチョコがけを作りたい。

夕方、ひさしぶりに温泉へ。

人も少なく、知ってる人が3人いただけ。ゆっくりサウナと温泉に浸かる。サウナで町の近況を聞いていたら、有益な情報を得たので来てよかったと思った。

畑に食べるものがほとんどないので庭のふきを摘んで鶏肉と炊き合わせ。

**4月15日（月）**

今日は雨。

家の作業をしよう。本も読もう。

本を読んだ。あんまりおもしろくなくて最後の方は飛ばし飛ばし。

読み終えてホッとする。

このあいだのイーロン・マスクの本は、上巻は読んだけど下巻の初めごろでギブアップ。おもしろく思えないのに無理して読もうとしていることに気づいたので。

## 4月16日(火)

今日は一転、いい天気。

メルカリで買ったクリスマスローズの抜き苗15本が届いたので植えつける。あまりの小ささに驚く。つまようじみたいな苗。5~6センチぐらい。枯らしてしまいそう。1300円だったからそういうものなのかな。近所で買ったら普通の大きさのが一鉢5000円ぐらいなのでそれを3鉢買った方がよかったかもなあ。

花や木の苗はちゃんとお店で現物を見て買おうと思っているのにうっかり忘れてしまってた。


外の用事を済ませて、午後は畑と庭を少し。


そういえば、道の駅に今でも時々手ぬぐいを買いに来る人がいるそう。

つれづれノート㊹に書きましたが、去年、2023年の2月に販売は終了しました。

近頃は買い物もふれあい市場の方に行っているので道の駅にはあまり行かなくなってしまった。

私は帰属意識が極端に薄いので、故郷とか出身地とか同級生とか出身校とか住んでいる町とか周囲の住民とかに親しみをほとんど感じない。

都会の便利さや田舎の自然は好きだけど、都会も田舎もどちらかを特に好きというわけでもなく、東京も宮崎も長所と短所が同じくらいある。

あまり言うと悪いと思うので言わないけど郷土愛もあまりない。

塀に囲まれた自分の家で気ままに過ごすのが好き。人とのかかわりを最小限にして。家という巣に守られて。

その権利を得るために国の法律はちゃんと守らなくてはと思うので周囲には迷惑をかけないように極力神経を使っている。

私はただ、人ならその人、場所ならこの場所、というふうにそれぞれをただそのものとして見ている。

共通点を掲げて親しげに近づいてくる人にはたぶん冷たく映るだろう。

日本は好き。いろいろな国を旅してきてそう思う。やっぱ慣れてるし。慣れてるって、すごいよ。

あ、そうか。郷土愛がないんじゃないな。帰属意識が薄いんじゃない。

郷土愛も帰属意識もあるけど、愛情の示し方、それを表現する方法が違うんだ。

多くの人たちと違う感想を持つものが多々ある。

一般的な習慣の中に、私から見たら非常に苦手なものがある。「共通点を掲げて親しげに近づいてくる人」とか、「共通点をかさに威張ったり威圧的になる年長者」が嫌いなだけかも。

私は人の欲やエゴや醜い心にとても敏感だ。でもだからといってそれに、特に何も反応しない。そういうものだし。そのまま普通に対応する。心の中で、ああ〜、と思うだけ。いつもいつも。

**4月17日（水）**

車の保険の更新の案内が届いた。3年契約だった。この6月で車を買って丸3年。車検もしなければね。

保険はこれを区切りに別の保険会社に替えることにした。もっと安いところに。今、火災保険をかけているところに。

そうしたら2万円も下がった。よかった。

最初から安いところに入ってもよかったんだけど車を買った販売店に気を遣ってすすめられたところで契約した。最初だけはいいかと思って。3年たったからもういいだろう。

冷凍しておいたふきのとうでふきのとう味噌。それから庭のふきを摘んでキャラブキを作る。

さやえんどうが今年はうまく育たなかったなあ。

夜。映画「ピエロがお前を嘲笑う」を見る。見たことないと思ったけど、もしかして前に見たかも…。既視感はあったけど記憶にはなかった。最後まで見て、まだもやもや。前に見たかもしれない。(見てた)

## 4月18日(木)

バナナの匂いの焼酎「サニークリーム」は買って飲んだのでひと安心。大好きかと聞かれたら、うーん、炭酸で割るとあまり匂いはわからない…。

そんな今日この頃、また興味深い焼酎を見つけた。それはなんと私の大好きなココナッツやカラメルの香りなのだそう。また期待値をあげすぎてはいけないけど。

霧島山中にひっそりと佇む小さな蔵、萬膳酒造の「萬膳」。

で、その酒造に電話してどこで買えるか聞いてみました。素朴な男性が出られて、リストを探してくれたけど見つからない。他の人に聞いたりして、バタバタ。

しばらく待って、やっと少しわかった。一番近くのお店は加治木町かもしれないとのこと。うーん。けっこう遠い。

「じゃあ、近くに行ったら探してみます。一度飲んでみたくて…」と伝えたら、「ああ。どうもすみませんねえ」とやさしい感じ。

実はこの酒蔵、今度の日曜日にランチに行くお店のすぐ近くなのだけど、そこではほとんど販売してないんだって。たま〜に置いてるらしい。それに日曜日はお休みらしいからどっちにしても無理だ。いつかの楽しみにしよう。

朝はニラを採ってきて豚肉とニラ炒め。このニラは水玉さんから苗を分けてもらったもの。きのうのふきのとう味噌とキャラブキも食べる。

ああ、そうそう。きのうの夜の11時すぎに地震。震源地は豊後水道。わりと長くゆっくりと揺れた。

最近はちょこちょこと花の苗を買ってきて植えるのに凝ってる。天気がいいと花の苗を見に行きたくなる。

今日も天気がいい。

行ってみるか。

車でブーンと近くのお店を2～3軒回る。今まで一度も買いたいと思わなかった花しょうぶの小さな鉢に目が留まった。いちばん小さなビニールポットに入ったピンク色の花しょうぶ。450円。ポットは土で汚れていて、土も乾燥している。古そう。うちの庭に今あるのは紫色と白のアヤメ。ピンク色の花しょうぶも仲間に入れようか…。種類がいくつかあったので迷う。じっくりと見て一つに決めた。

それをもって店内へ入ったら入り口付近に観葉植物の棚があって、小さな小さな3～4センチぐらいのポットに入った虎の模様の植物が最後の1個、残ってた。葉の先が枯れていて全体的に弱ってる。なんとなく気持ちがひかれてしばらくじーっと見ていた。値段は260円。

室内用なのかな。外の水道周りに養生している鉢をいくつか置いている。あそこに一緒に植えておこうか。

で、その虎柄の葉の鉢も一緒に会計。お店の方が葉先が枯れて弱ってるのを見て、少し割引しておきますねと1割引いてくれた。

家に帰って、さっそく黒いジャノヒゲを養生している鉢に寄せ植えした。左の鉢は白い丸い花の咲く「ムーンライトファンタジー」。木の下で弱っていたのを掘り上げて養生中。もう枯れてしまったかなあと思ってたら先日芽が出て、とてもうれしい。

花しょうぶはアヤメの近くに植える。

虎柄の葉、調べてみました。南米原産のトラフアナナスというのかも。パイナップル科なので冬は室内か。


今日は暑かったので疲れた。

夕方、温泉へ。

堤防沿いを車で走っていたら遠くの山が黄色い。黄砂だ。全体がぼわっと明るく感じた。

温泉では知った顔の人ばかり4人。サウナでは水玉さんに「今年もムスカリ、咲いた？」と尋ねる。

水玉さんちの玄関わきの植木鉢に小さなムスカリがぎっしり咲いていて、去年、小さな球根を数個もらった。極小の球根。それを庭に植えたけど細い葉が出てるだけで花は咲かなかった。

咲いたって。

**4月19日（金）**

暑いぐらい。

庭と畑の作業。

庭ではグルグル回って気になるところを手入れする。

畑では小松菜を片付ける。種ができ始めていたけど、全部刈り取って残渣（ざんさ）置き場を作って入れる。今後ここに、家で出た野菜くずなども入れて腐葉土を作る計画。


汗をかいたので早めに温泉へ。

ふう。いいですね。


注文していた梱包（こんぽう）資材とマスキングテープが届いた。マスキングテープ、大好き。いろんな絵柄。短く切って紙に貼って、しばらくうっとり眺める。

**4月20日（土）**

曇り。

今日は叡王戦第2局。

家と庭をうろうろしながら観戦。

挿し木でふやした山あじさい。赤と青の2種類を窓のすぐ外の古いライラックの下に去年移植した。春になって新芽が出始め、見てみたら赤い方は出ていたけど青い方は出ていない。しかも根が浮いて乾いていた。ああ！　枯れたかも…と思い、いそいで土をかぶせて水をかけた。

その青い方に、さっき、新芽が出ているのを発見した。うれしい。


将棋は伊藤匠七段の勝利。タイトル戦初白星。パチパチ。伊藤匠七段にもたまには勝ってほしかった。

**4月21日（日）**

昨日の夜は早く寝たせいか早朝4時ごろに目が覚めた。

スマホをつけたら、たまに見ているユーチューバーさんがチャンネルをBANされそうと肩を落としてライブ配信していた。群れに入らずひとりで頑張っている人で、どうにか助かってほしい…。それを2時間半も見てから起きて、雨の庭をひとまわり。

バターはちみつバゲットとミニバナナの朝食を食べて、傍らのマスキングテープを眺めてはまたうっとり。

山鳩のバト子。いつもいる。

今日はお昼をアィちゃんと食べに行く約束。

11時に迎えに行く。ここから1時間ぐらいかかる山の中にあるというカフェのパスタランチ。初めて行くし、わかりにくいところなので1時間半前に出発。

雨が強く降っている。

高度があがるにつれて先が真っ白。

そのカフェは地図にも出てなくてナビもきかない。山の道は急角度。

最後のあたりはすごい急で、まるでアトラクションのようだった。

どうにかたどり着いて、小屋に入るとそこはカウンター10席ほどのお店。

ほっと安心して、ゆっくり食事。前菜もサラダもパスタもおいしかった。デザートにプリンも頼んだ。カラメルが焦げ茶色で好きな色。

いつかまた来たい。

帰りも豪雨。

ずっと雨。

家に帰っても強い雨が降り続いていた。

## 4月22日（月）

曇りときどき雨。たまに晴れ間。

ぼんやりとした庭。水中のようににじむ緑。

私もずっとぼんやりとした感じ。

こんな日もあっていいか。

## 4月23日（火）

名人戦第2局。

雨で、家の中。

畑に野菜がほぼなく、水玉さんから苗を分けてもらったあのニラを豚バラと炒(いた)める。

幅広でやわらかいニラ。ニラはあまり好きじゃないと思っていたけどこれはおいしい。

ふれあい市場に買い物に行ってスナップエンドウ、ミニトマト、温泉玉子を買った。

それでお昼はスパゲティを作る。おいしかった。

**4月24日（水）**

今日も名人戦の続き。

曇りのち晴れ。夕方、気分転換に温泉へ。

あっというまに一日が過ぎた。なんか今日はなにもしていないような…。手ごたえのない一日だったなあ。将棋をチラチラ見て…、あ、読書をすこしした。


将棋の終局近く。すごい緊迫感。解説者もかたずをのんで見ている。聞き手の中村女流四段が「うーん、うーん」と何度もうなってる。というかもう「う〜ん」としか言えない感じ。見ている視聴者もみんな同じ気持ち。緊張感マックス。

藤井名人の勝ちだった。ふう〜。

**4月25日（木）**

いい天気。

こんないい天気は今後2週間ないみたい。洗濯や外仕事をやろう。

畑に出ていろいろしていたら、向かいの建物の事務所の窓からおばちゃんが「何植えてるの～?」と聞いてきた。

「考えてるところです～」と答える。

「今からだったらいろいろあるからね～」

「はい～」

いちごの畝でいちごが太陽の光によく当たるようにあれこれ工夫していたら、隣の敷地で草刈りをしていたおじちゃんが、「いちごができてるね～」と声をかけてきた。

「はい。去年の苗を分けて育ててるんです～」

天気がいいと和気あいあいよ。


最後のムスカリの球根が来た!

今年の春はなぜかムスカリに夢中になり、いろいろと買って、失敗もあった。そして今日のが最後の大物3種類トリオ。めずらしいのをメルカリでまとめ買いしました。白とピンクとむくむくしてるの。玄関前の飛び石の脇にわかるように埋めて…、来年が楽しみ。


夜は切り干し大根を食べる。

私の切り干し大根は細くてサッと調理できておいしいことがわかった。火を入れなくても、そのままだし醤油（じょうゆ）みたいなので和（あ）えるだけでも大丈夫。たぶん売ってる切り干し大根よりも細いんだと思う。きゅうりの千切りスライサーで作ってるから。ふわっとしてる。

大根がたくさんできて困っていたけど、なんなら毎年たくさん作ってもいいかもとさえ思った。

**4月26日（金）**

今日は雨。

こたつに座っていろいろやってたらすぐに時間が過ぎた。

買い物にも行って、今年最後と思いながらエビネランを３鉢。高いのは買わないことにしていたけど１０００円のをひとつ買ってしまった。大きな鉢に４つも花が咲いていたから、合わせ技でまあいいかと思い。あとのは７００円。欲しかった白いのと黄色いの。

山鳩のバト子ちゃん、いつもいる。下にフンが落ちてるかなと見てみたら落ちていた。

嫌だ…。水をかけてデッキブラシで洗う。それから段ボールをそこに置いた。これからはそこに落ちるだろう。バト子ちゃん、来季は別のところに巣を作ってもらおう。

あさって1泊でカーカが帰ってくる予定だったけど、明日休みになったから明日の飛行機に変更できないかな？　と連絡が来た。調べてみたら変更できた。続いて、帰りの便を少し早い時間のに変更はできないかな？　と言うので見たら席が空いてたのでできそう。PCで変更の手続きをしていたらエラーが出た。あれ？　時間を空けて何度かトライしたけどずっとエラー。明日の朝やろう。

## 4月27日（土）

朝起きてすぐに変更の手続きをしたらまたエラー。これはどうしようもないので、今日空港に迎えに行った時に直接カウンターでやることにした。

バト子の巣を見てみる。いつもいるのに今日はいない。めずらしい。細い枝のところに毛玉のような毛が見える。あんな毛も集めて巣を作ってるんだ…。好奇心に駆られて棒で巣を下から少し押し上げてみた。するとなんと！　ヒナがいた！　茶色い。その毛が見えたんだ。

わっ！ と思ってすぐにひっこめる。ハアハア。そうだったのか。子どもがね…。

カーカが帰ってくる前に掃除をしておこうとダイソンのクリーナーを使おうとしたら動かない。あれ？ 充電器に明かりが灯らないし、もしかしたら壊れたのかも。保証期間内だと思うので電気店に電話して連休明けに持って行きますと伝える。しょうがないのでモップで掃除。


午後、空港へ。

カーカが出てくるのを到着口で待っていたら鹿児島の新茶の試飲をやっていた。どうぞと勧められたので飲んだらおいしかった。買って帰ろうかな。

カーカが出てきて、一緒にカウンターで時間の変更をお願いする。そしたらなんと！ そこでもエラーになってできないみたいだった。他の人を呼んできたりしていろいろやってくれたけどどうしてもエラーが改善されず、時間の変更はできたけど発券できないということで手書きで券を作ってくれた。30分以上時間がかかったけど特に急ぐ用事もなかったのでまあいいか。

明太子と新茶を買おうと売店へ。さっき飲んだお茶がおいしかったけど空港の売店では探せなかった。

家に帰って庭を見たカーカがジブリみたいと写真を撮ってる。適度に自然で可愛い花がチラホラ。

**4月28日（日）**

家でのんびりすごす。

山鳩のヒナのことを教えて、ふたりで何度も見る。バト子が餌を集めてきて口移しであげてる場面もじっと見た。なにしろ窓のすぐ近くだから。

ヒナは2羽いて、すごい勢いで餌をついばんでいる。こわいほどだ。

夜、カーカは友だちとうどん屋さんに食べに行って、帰りにうちでパフェを作って食べていた。いちごとバナナとチョコとコーンフレークと生クリームとアイスクリームを買って。私も小さなコップのミニパフェを食べる。

**4月29日（月）**

雨。

カーカを空港へ送る前にいろいろ買い物したり、白いラーメンを食べる予定。

それにしてもすごい雨。

先日の酒屋さんでカーカがおみやげにサニークリームを購入。

そのあと山の方の道でものすごい雨。

上から豪雨、対向車から雨しぶき、たまった水たまりの上を走るので地面から水しぶき、上下左右どこからも水攻撃。

でもその坂を過ぎたら雨がやんできた。

それからフルーツ屋さんのフルーツサンドイッチ、新茶などを買う。

空港内の「月よみ」で白いラーメンを食べる。クリーミーでスパゲティのようだった。満足。

**4月30日（火）**

ゆっくり起きて、今日は休憩。

買い物に出たぐらい。

午後、東隣のおじちゃんが剪定(せんてい)作業をしているのが見える。

あ！　そうだ、あれ頼もう。

パタパタと走って行って、「すみません〜」と獣よけネット越しに声をかけたら、「おおっ」とびっくりされてた。

おじちゃんの足元から出ているその木の枝を切ってもらえますか？　とお願いする。うちの敷地なのだけどそこまで行くのが大変。獣よけネットを取り外さなくてはいけないので。

「いいですよ〜」とパパッと切ってくれた。

よかった〜。気になっていたから。

頼みごとをしたのでいつになくこちらから天気の話などを気さくにする。不自然なほどにこやかに。やりすぎたかも。

夜、8時半、サクを空港まで迎えに行く。

真っ暗。夜の運転はあまりしたくないなあ。

ゆっくり走って無事到着。

9時を過ぎていたから駐車場も空港も混んでなくて、とてもうれしかった。なにしろ休日はすごく混むので。

5月

**5月1日（水）**

昼間は、サクは外出。私はのんびり。

夕方、「地鶏の里」に地鶏を食べに行く。前によく水を買いに行ってたところ。

食事処はそれぞれ小さな小屋になっていて、そこでタッチパネルで注文。鶏刺し、地鶏の炭火焼き、チキン南蛮、玉子かけご飯など、気になるものをザッと注文する。

ふむふむなるほど、こういう感じか。帰りに水を買って帰る。20リットル。


それから温泉へ。いつものジャングル温泉。

クマコがいた。

あがって、待ち合わせした場所に行ったら、先にあがってたサクにいろいろ質問していたよう。

**5月2日（木）**

晴れ。サクはヘアカット&釣り。私は叡王戦第3局を見る。

玄関わきの不動明王の足元にお供えしていたニガカシュウのムカゴのところに細い

棒みたいなのが落ちてた。
うん？　と思ってよく見たら、なんとムカゴから芽が伸びている。わあ〜。すごい。
こんなふうに伸びるんだ。

今日、畑で収穫できたのは小さな玉ねぎ3個とエンドウ豆。
エンドウ豆は今年、まったくうまく育たず、これが最初で最後の収穫。豆ご飯を炊く。少ししかできないとかえって希少価値を感じてすごく大事に食べる。

叡王戦は伊藤匠七段の勝ち。おもしろくなってきた。

**5月3日（金）**

今日もいい天気。
サクはまた釣り。私は畑と庭の作業。
風が強い。
山鳩のヒナはたまに顔を上につき出してる。もうすぐ巣立ちかな。

夜遅く、サク帰宅。小ぶりのオコゼを2匹釣ってきた。明日食べよう。

**5月4日（土）**

朝早く、畑に行っていちごの畝にしゃがんでちょこちょこ作業をしていたら、道を誰かが通って行った。

しばらくして立ち上がって道を見たら、ひげじいが遠くに。

ああ、さっき立ち上がったら挨拶できたのになあ。


外の流し台でサクに内臓を取ってもらって、オコゼのから揚げを作る。

小さな鍋で揚げるので全体が入るように大きい方の尻尾を切った。

身がプリプリとしていておいしかった。もっとじっくり揚げたら頭も食べられたのかも。でもヒレや薄いところは食べられた。新鮮な魚のから揚げはとてもおいしい。


今日はサクを空港に送る日。

その前に庭の木をシュレッダーで細かくする作業を手伝ってもらう。

汗をかいたので空港に行く前に温泉に行こうとコーヒー色のモール泉へ。

ひさしぶりに来たらなんだかさびれてみえた。シャワーはどれも使えず、露天風呂には葉っぱが浮いていた。でもつるつるした泉質がすごい。石鹸水の中にいるみたい。それにすごく温まった。10分ぐらい脱衣所で涼んでいたけどまだ汗が引かない。「2時にね」と約束したので外に出て風にあたっていたら、サクがなかなか出てこない。遅いなあ。

そしたら6分後に出てきた。廊下のベンチで待っていたのだそう。なんだ。

途中のお茶屋さんでサクがお土産に新茶を購入。私も一袋。

フルーツサンドのお店で1個だけ残っていたマンゴーサンド（1000円）を買って、半分にカットしてもらい、車の中で食べたらすごくおいしかった。

次に空港近くの麴のテーマパークというところに行って麴シュークリーム、元祖かるかん、抹茶ビールを買った。

空港の駐車場はすごく混んでいた。入り口までの路上にズラーッと車が並んでいる。今日は余裕をもって来たので大丈夫。30分でも待てる。

20分ほどで停められた。

今日は先日のラーメン屋さんでLemonバター鶏そばを食べようと決めていたので、わき目も振らずに突き進む。4時半なので空いていた。私はLemonバター鶏そば、サクはスタンダードな鶏そば。最後あたりでスープの味をお互いに味見したら全然違った。

うーん。スタンダードの方が好きかも。


無事に送って、帰宅。

庭をひとめぐり。

ふう。

明日からしばらくのんびりしよう。

**5月5日（日）**

強風。天気はいいけどすごい風だ。

ふと見ると、山鳩のお母さん。近くにお父さん（たぶん）まで来ている。山鳩一家、勢ぞろい。なんだか変。もしかして今日、巣立ち？

強風で巣を構成していた枝がひとつ、ふたつ、下に落ちてる。ヒナがバタバタと羽を広げてる。

ううむ。緊張する。しばらく見ていたが、親鳥たちは飛んでいき、またいつもの状態に。まだか。

出会い

2/3　今日は二日市

丸いパンを焼きました

2/12　畑にネットを張りました

2/17　遠くにロケット雲の軌跡を発見。とても興奮しました

これが新しい仲間の不動明王像です。厄除け、魔除け、悪縁断ちします！

2/18　畑で畝作り

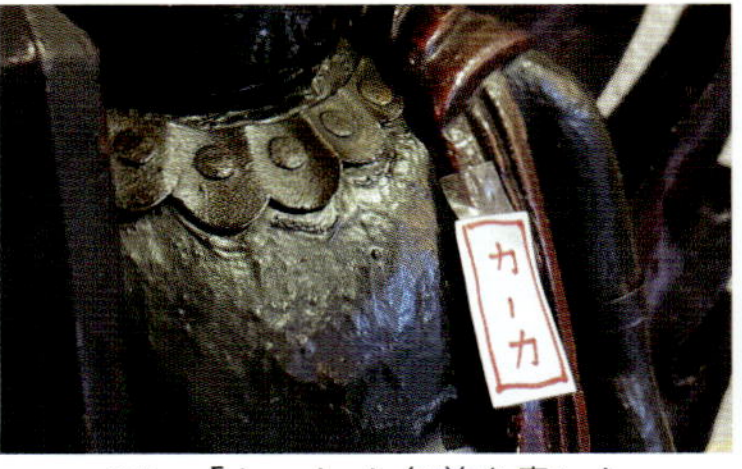


2/4　「カーカ」と名前を書いた

2/20　懐かしい写真。ルーブル美術館で絵を見ているところ

3/7　桑の木をバッサリ

2/28　芽キャベツソテーや玉子焼き、焼き芋など

3/20　犬のラグマット

3/9　枝の小分け

ビー助古墳をラナンキュラスで飾り付け

4/18　トラフアナナス

4/4　花ふくろう

4/25　自家製切り干し大根

4/19　マスキングテープ大好き

5/3　山鳩の親子

5/2　玉ねぎとエンドウ豆

ニガカシュウのムカゴから出た芽

5/4　オコゼのから揚げ

5/9　イモあめもらった

5/8　ダイソンのパイプがボコボコ

5/10　やあと口を開けているように見える百日紅のこぶ

5/13　蛇いちごチンキ

うす水色の玉子の殻と目玉焼き

私も送る

5/23　サクからラインスタンプ

スプラウト育ててます

5/24　好きな模様のジギタリス

5/29　ニンニクと玉ねぎのソテー

5/27　アーモンドスライスのおやつ

5/31　ふきの葉のおむすび

靴下コレクション

6/8　じゃがいも少ししかできなかった

ヤマボウシの枝に小鳩たち

6/29　チョコのお菓子作り

6/11　ポポーの新芽がでた！

7/8　トマト入りソーメン

7/7　ハッシュドポテト　じっくりと焼く

7/29　とりあえず布をかぶせる

7/25　フライパン　ジュウ　10の字

葉を食べ尽くされたイヌマキ３本

これがキオビエダシャク

ヒナは巣から出て近くのモッコウバラの枝にちょこんととまってた。

枯れたと思っていたバイカウツギの根元から小さな新芽が出てきた！　うれしい。同じく枯れたと思っていた別の花にも新芽みたいな緑色の葉が見える。違うかもだけど。

移植したアメリカリョウブとツリバナにも小さな新芽が出ているけどまだ弱々しい。無事に育ってほしい。

畑と庭の作業をゆっくりやる。

いつも咲くピンクのバラが今年はあまり咲いてない。今のところ3輪、咲いた。

夜、去年公開された「ミッション：インポッシブル」と「サークル」を見る。ミッション…は最後あたり、ハラハラしすぎてもう見たくないと思った。サークルは見なくてもよかった。

**5月6日（月）**

朝から雨。しっとりしてる。

家でのんびり。

あら、ヒナたちが巣から出て数十センチ離れた鉄枠に並んでとまってる。ちょっとずつ巣から遠くに…。

チューリップ型の赤いクレマチスが咲いていた。いつ植えたのか忘れていたけど。これが咲くとうれしい。確かプリンセスダイアナという名前。

4月ごろから夏までは畑にあまり野菜がない。うちの畑以外の野菜をあまり食べる気にならないし、どうしようかなあ…と考えて、この時期は少食にしようと思いついた。

心構えができていればそれは難しくない。

## 5月7日（火）

夜、井上尚弥(いのうえなおや)の試合を楽しみに見る。今回も強かった。

今日のヒナたちはさらに巣から離れ、2メートルぐらい右にある枝にとまっていた。下に敷く段ボールも増やした。


畑と庭の作業をして、夕方いつもの温泉へ。

温泉の前に近くの自動車整備工場で車検の予約をした。去年ガレージのシャッターにぶつけた時の傷を直してくれたところ。社長さんなのか、感じよく対応してくれてホッとする。

温泉では水玉さんとサウナで話す。

庭にコキアの小さな芽がたくさん出ているそうで、いつかもらいに行く約束をしていた。それをいつにするか。雨の前にしようか、と。

畑のわきの道路沿いに並べて植えたい。秋に紅葉して、道路を行く人々の目を楽しませてくれたらいいなあ。


映画「デッド・オア・リベンジ」。けっこうおもしろかった。出だしのカメラワークも新鮮。因果応報映画。

## 5月8日（水）

今日から名人戦、第3局。場所は羽田(はねだ)空港だって。

きゃあ～。

ダイソンのスティッククリーナーが急に動かなくなったのでヤマダデンキに持って行くことにした。その前にきれいに洗わないとな、と思い、全体的に洗って陽に干そうと外の階段に運んだ。

ゴミがたまる部分を持ち上げたら奥から白いゴミが落ちてきたので、長いパイプ部分でコンコンたたいて白いゴミを落とした。

コンコンコンコン、コンコンコンコン。

そしてパイプを見たら、なんと軽いアルミかなんかでできているのだろうか、ボコボコにへこんでる。

きゃあ～。これでたたかなければよかった。悲しい。

きれいに傷もなく使っていたのになあ。

あともうひとつ、もっと気の沈むことが。

イラストを描くためにiPad Proを買ったのが先月、4月1日。

いろいろ手伝ってもらうためにカーカにも買ってあげることにしたのだが、新しいiPadが発売されるとわかったのが2週間ぐらい前。

で、新しいのにする？　と話して、発表を待っていた。それが昨日、発表された。

新しいiPad Proは軽く薄くなって、その他にもいろいろ。ペンシルにも新性能が。

たった1カ月待てば、私もそれを買えたのに…悲しい。考えれば考えるほど悔しい。くすん。

カーカがうらやましい。

でも…でも…しかたないよね。わからなかったんだから。本当に悔しいけど、こういうことってあるよね。

考えるとしばらくもやもやしそう。

それで今朝から気分が悪い。

カーカが「そんな気持ちになると思ったわ」って。

夕方、山鳩のヒナのいる藤棚を見上げたら、あれ？

1羽しかいない。もう1羽はどうしたのだろう。巣立ったのだろうか。

残った1羽がモッコウバラの枝にとまって空の方を見ているのが悲しげで心配して

いるようにみえた。

7時ごろまた見たら、今度は2羽ともいなかった。ついに巣立ったか！

## 5月9日（木）

早朝、5時半に目覚めて庭に出ると山鳩がアンテナにとまってホーホーと大きな声で鳴いている。私へのお礼だろうか…と思った。

「長いこと藤棚にいさせてくれてありがとう」と母のバト子か。

「どういたしまして〜」

今日は燃えるゴミの日。よし。巣の下の段ボールを片付けよう。段ボール2箱にボール紙6枚を石で押さえていた。ゴミ袋に入れて、ついでに巣も取り外す。下から棒で持ち上げて落とした。へえ、こんなふうだったんだ。

床全体をほうきで掃いて、きれいに掃除する。

ちょっと寂しい気もするけど、ホッとした。

ゴミ袋3個をもってトコトコとゴミ置き場へ。

たまに会う足のお悪いおばあさまがいて、少し手伝う。

「子どもが小さいころ、ひらがなが読めるようになって、燃やせるごみって書いてあるこのごみ袋を見て、やせるごみだ、っていってたわ」と教えてくれた。

「かわいいですね」

すると、「アメ食べる?」とポケットから何かを片手にゴソッと取り出して突き出した。

白い、まるっとした何も書いていないアメが数個。

「い、いいです」

「甘いもの、食べない?」

「はい。…これはなんですか?」

「イモあめ。どうぞ」

「じゃあ、一個…」

おずおずとつかもうとすると、

「ぜんぶ持ってきなさい」と手に渡された。

「どうも…」

畑を見てから家に戻る。

玄関に入ろうとしたらすぐ近くから山鳩の鳴き声がする。

もしや！

急いで家に入って窓から藤棚を見ると、山鳩がなくなった巣のあたりを見つめて不思議そうにきょとんとしている。

あら～。まだ巣立ってなかったの？

そこへ山鳩が1羽帰ってきた。大きさを比べるときょとんとしていた方が大きいので、きょとんが母鳥、帰ってきたのがヒナのよう。パッと見はもうどちらが親か子かわからないほど毛並みがしっかりしている。

しばらくそこにいたが、やがて2羽とも飛んでいった。

あら～。まだだったのかも。ごめんごめん。でももうほぼ巣立ちだよね。

たまに将棋を見ながら洗濯物を干したり、庭を回ったり。

あちこちで山鳩が鳴いてる。

苗とり用に畑に伏せておいたさつま芋が腐ってしまった。

あーあ。残念。で、苗を買いに行ったらなかったので紅はるか3本入りを買った。2本は食べて、1本を伏せよう。

鳥が裏の窓にぶつかった音。
しばらくしてそこを通りかかったら、山鳩が薪（まき）の上にとまってた。
そして飛んでいった。塀の上へ。
小さい山鳩。うちのヒナだ。
うーん。うまく独り立ちできますように。

夕方、ふと隣の庭のヒノキの生け垣を見たら、親鳥がヒナに口移しでエサをあげているところだった。

将棋はまだ続くなと思って庭を散歩して帰ってきたら終わってた。急な終局だったみたいで関係者も慌てていた。

**5月10日（金）**

いい天気。
洗った掃除機を修理してもらいに電気屋さんに持って行く。急にうんともすんとも

いわなくなったと状況を話したら店員さんが、もしかするとバッテリーが寿命かもと。

そういえば、買ってからもうすぐ5年。「長持ちしましたね〜」と言う。

で、ダイソンのお客様相談室に電話してみることにした。

家に帰ってさっそく電話する。担当者からの折り返しを待つ。

調べて分かったんだけど、今使っている機種のねじ固定式バッテリーはもう販売終了していた。着脱式バッテリーを買うことになるのかな。

しばらくして電話が来て、担当者の方といろいろ話す。着脱式のバッテリーとの互換性はないらしい。ということは…、もうこの掃除機は使えないんですか？

そうなんだって。

おお。あんまり使ってないからまだきれいなのに（このあいだのボコボコ以外）。

ショック！

でも対応策があった。今の製品を送り返して、修理代という名目（とかなんとか？）で2万2000円を支払うことで、デジタルスリムという新製品をお送りしますとのこと。

いかがしましょうか？

そうすることにした。

すごく丁寧にスムーズに処理してくださり、なんだかボーッとしてしまった。登録もやってくれた。えっと…、えっと…、と頭が追いつかないほど。うれしいのかなんなのか、いや、うれしい。替えのバッテリーは1万数千円だったから。

実は、次はマキタの業務用クリーナーにしようかなあと考えていたんだけど、それはまたにしよう。マキタの業務用スティッククリーナーがいいよと聞いて、それにしたいなあと思った次の日にこれが動かなくなったので、聞こえてたのかと思ったわ。よく言うよね。電化製品や車が、買い替えようと決めたとたん調子悪くなること。

まあ、とにかく一件落着。

数日前からやっと、前に買ったガーゼのモンペ風パンツを穿(は)いているが、すごくいい。軽くて苦しくなくて。色があまり好きじゃないけど。唯一残っていた深緑色。

あさって掃除機を集荷してくれることになったのでさっそく荷造りする。ポールが長くて普通の段ボールに収まらない。どうしよう…。ガレージを見たら先日届いたポポー苗の箱が細長くてちょうどいい。これにしよう。

長さを調整して荷造り完了。

去年、畑に植えたポポー苗はやはり2本のうちの1本が完全に枯れてしまった。それで1本だと結実しないから新しい苗を注文したのです。明日(あした)植え付けよう。

畑でいちごを1個収穫。たまにできる。赤くてきれい。これがほんとうにおいしい。

台所の窓から見える百日紅（さるすべり）のこぶがいつもアニメの顔に見える。やあと口を開けているよう。毎日見ている。

烏骨鶏（うこっけい）の玉子4個入り280円というのを買った。3個は殻がベージュ色だったけど1個はうす水色だった（ときどきある）。それで目玉焼きを作った。かわいいのができた。大事に食べたせいかおいしく感じた。

このあいだチラチラして壊れたと思ったリビングの照明がなぜか持ち直して普通に点（つ）くようになっていたのに、またチラチラして点かなくなった。

うーん。ついに寿命か。新しい照明器具はもう届いているので付け替えようか。

何回かトライして、しばらく時間を空けたら点いた。

これを繰り返していつか本当に壊れてしまうのだろう。

壊れるまで使おう。

## 5月11日（土）

明日は雨100パーセントの予報。

なので今日はポポー苗の植え付け、野菜の種の直播(じかま)き、さつま芋を伏せる予定。

全部やりました。

温泉へ。

今日のサウナは熱すぎて、みんなフーフー言ってた。

帰ってきて、部屋の電気を点ける。ドキドキ。無事に点くだろうか。

点いた！

ホッ。


数日前からまた顔がかゆい。

草負けだ。去年もこうなって病院に駆け込んだ。うーん。またああなるのかな。しばらく様子見。かゆい〜。


今日の畑の収穫は、小さい株から1枚1枚そっと採ったレタス、わずかな春菊の葉、小さな玉ねぎ、よく見たら少しだけあったエンドウ豆、曲がったアスパラ、いちご1

個。かき集めたらけっこうあった。私は少ししかない野菜を大事に大事に食べるのが好き。

玉ねぎは外側がやわらかくなっていたけどその部分を剝くと中はつるんと白くてきれい。しかも腐りかけてるようなのってとても甘い。

## 5月12日（日）

今日は雨。ずっと家にいよう。

照明が一発で点いた。

ダイソンの引き取りが来たので段ボール箱をサッと渡す。

ずーっと家の中をウロチョロ。たまに傘をさして庭を歩く。

ヒマだなあ。

バラの剪定枝を細かく切ろうかな。庇の下でチョキチョキ切る。

小雨の中、窓から庭を見ていたら、山鳩が左から右へと飛んで行った。大きいのの後ろを小さいのが続く。

あ、親鳥とヒナだ。元気そうだ。よかった。

夕方。

雨だし温泉どうしようかな…と考えていて、歯科医師の吉野敏明さんが今朝見た動画で「熱いお風呂がいいんです。僕は50度のお風呂に入ってます。でもみなさんはマネしないでくださいね。そしてお風呂に入ったら足をのばしてください。水圧と浮力が大事なんです。老廃物を流してくれます」っていうようなことを言っていたのを思い出し、よし、行こう。

照明は、一度消したらまたチラチラして点かなくなると困るからつけっぱなしで。

温泉で。

湯船の中でも特にいちばん熱い場所に行ってじっくりと浸かる。水風呂と何度も行ったり来たりした。

ここ数日、温泉にはいっているからかどうかわからないけど顔のかゆみが治まってきている。ピークを過ぎたんだ。よかった。病院に行かなくていいな。

ふう。いいお湯だった。気分がよかったので、受付で何か一生懸命に事務仕事をしていたクマコに「お仕事頑張ってるね〜」と笑顔でねぎらう。

「ふぁ〜い」って。

**5月13日（月）**

晴れ。

車検の日。整備工場へ持って行く。

その前に、ふれあい市場に行ってみた。

うーん。きゅうりやなすの立派な苗が並んでる。あまりの立派さにたじたじとなる。

今私が育てているなすの苗はこれに比べたら細くてひょろひょろだ。

きゅうりとズッキーニは芽が出ないし。あの種はもう劣化してるのかもしれない。

きゅうりの苗を買おうかな…と思ったけど、もうしばらく待ってみよう。

結局何も買わなかった。

整備工場に行って、代車に乗って帰る。年代物の軽自動車。勝手がわからず、うまく運転ができるかビクビクしながら低速でのろのろ帰る。

家の敷地内でウロウロしてすごす。

なんだか落ち着かない。何かしなければいけないような焦りがある。

こういう時は気持ちの整理ができていない時だ。いっぺん落ち着いて気持ちを整理しなければいけない。

食べる野菜がほとんどないので、北側の庭に生えている三つ葉を摘む。湯豆腐に入れよう。

そうそう、蛇いちごも摘まなくては。蛇いちごのチンキはかゆみ止めになるのだそう。ドクダミチンキもかゆみ止めになるというけどそれよりも効果があるのだそう。ドクダミチンキ、確かにたまに使ってるけど効いたと思ったことがない。蛇いちごチンキを作って試してみたい。小さな瓶に詰めて、ホワイトリカーがなかったので焼酎(しょうちゅう)を注ぐ。

夕方、温泉へ。

行く途中、川のほとりの小さな商店に寄って食料を調達。明日までは遠くに行きたくないのでここですまそう。

ここにあるものの中でどうにか考える。そして、いつもなら買わないタコとキハダマグロのお刺身を選んだ。それと玉子、豆腐を買う。いつもなら買わないものを買うのも楽しい。

温泉では水玉さんと笑いさんとサウナで談笑。

コキア（ほうき草）の苗をもらいに明日の4時に水玉さんちに行くことになった。

熱い温泉と水風呂を行ったり来たりで気持ちがスッと落ち着く。

家に帰って庭を一周。この時間が好きだ。

今日の昼間に感じていた焦りがなくなった。何がきっかけかわからないけどこんなふうに落ち着くことが重要。

**5月14日（火）**

今日もいい天気。早朝の庭をひとめぐり。獣が来た形跡は…、なし。

外は暑いし、なにもする気がしないのでたまに庭をウロウロ。

4時に水玉さんちへ。代車でのろのろと走る。

コキアの小さな苗が密集していた。高さ10センチくらい。ごそっともらう。それから菜園をみせてもらう。ナスやソラマメなど、2〜3本ずつ作りやすく食べやすい感じに整然と並んでいる。土がいいのだろう。レタスも大きい。

玉ねぎ2個、ソラマメ4つ、サニーレタスとサンチュの大きな葉を数枚もらった。うれしい。

帰りに整備工場に行ったら、車検のシールが届くのが5時半ごろになるそう。でももう自分の車に乗って帰っていいって。お風呂帰りに寄ることにする。

温泉ではいちばん熱い場所、お湯の出口で100まで数える。

サウナでは水玉さんと笑いさんと3人。トイレットペーパーはどんなの使ってる？という話になって、水玉さんが、

「私はアタックスのくまモンのを使ってる。12個入りで…」

「へえー。それ、香料が入ってる？」

「ううん」

シャワーのお湯が途中から水になった。他の蛇口もそうみたい。壊れたのかな。

帰りにそのことをクマコに話したら、機械が壊れたみたいなので修理を頼んだそう。

整備工場へ。

シールを貼ってもらって、料金を支払う。少し値引きしてくれた。次は2年後との

こと。簡単に、気持ちよく、車検が済んだ。よかった。近いし。

やるべきことをやり終えたので帰りはすがすがしい気分。

## 5月15日（水）

朝。

昨日もらったコキアの苗を畑の道沿いに植えつける。うまく育ったらいいなあ。紅葉したらきれいだし。

スコップで地面を厚く覆う雑草の根にザクザクと切れ目を入れて苗を植えていく。10メートルぐらい。何十本も。畑から持ってきた土をかぶせて、じょうろで水を撒（ま）いて。結構大変だった。

ふう。


買い物へ。

昨日のトイレットペーパーのことを思い出し、くまモンのを買いに行った。イラストのイメージが思ったのとは違ったけど、1回使ってみよう。でも石けんの香りと書いてある。どうしよう。無香料がいいけど。まあ、いいか。

スーパーできゅうりとズッキーニを買おうかどうしようか迷う。種を蒔(ま)いたんだけど芽が出てこない。しばらく待とうと思っていたけどさすがにもうダメかも。古い種だったから。うーん。

でも自分で作ったのを食べるのが好きだしなあ。

迷いすぎて買う気が失(う)せた。


車の中がトイレットペーパーの匂いですごい。やはりいけなかった。

家に帰って袋を開けて、外のベンチにポンポンと並べて干しとく。薄くなるかな。

それから畑の作業を少し。

買ってきた岡ひじきの苗を植えた。岡ひじきは2年ぐらい前に種を蒔いたことがあったけどまったく芽が出なかったなあ。


昼ごはんはベーコンカルボナーラ。おいしくできた。

上にトッピングでスプラウトを散らす。これは種の袋をもらったまま面倒くさくて放っておいたんだけど、そうだ！ と思い出し、今の野菜の少ない時にはこんなのも彩(いろどり)になっていいかもと一念発起して台所の窓枠にトレイを並べて育てたもの。1〜2センチに育ったのをハサミでチョキチョキと切り取った。その作業はとても疲れた。

きゅうりとズッキーニの種を野口種苗に注文する。

やっぱり自分で育てて食べよう。

昨日は夢をたくさん見たので昼間、ときどき思い出す。

山鳩がこのあいだまで巣があったところに来てホーホー鳴いてる。親か子か？ どっちだろう。見たけど判別できなかった。親、かな。

**5月16日（木）**

強風。

すごい強風。

こんな日にかぎってなぜか布団を干したくなって、洗濯もの干しスタンドに布団を干して庭に出したら2回も倒れた。朝露で濡れてる。

悲しい。それでもあきらめずに洗濯もの干し場に移動したら、また倒れてた。

くーっ。

それでもまだあきらめずに場所を変えてまた干す。

あまりの強風で庭にいたら何度も恐怖を感じた。

畑では風車が倒れてた。

私がよくシャンパンやスパークリングワインを購入するので、そのお店から赤か白か泡を1本プレゼントしますという電話が来た。わあ。

泡にした。グラスがお安くなってますがどうですかと聞かれたがそれは断った。

ふきを摘んでキャラブキにしよう。4回目。ことし最後のキャラブキになるだろう。

短く切って塩でもんで。この作業も時間がかかった。

くまモンのトイレットペーパーはやはり匂いがするので2階のトイレに持って行く。

温泉へ。暑くなってきたのでまた温泉に行く気持ちになってるこのごろ。

湯船につかりながら、隣町に何軒も空き巣が入ったという話を聞いた。「気をつけよう」とみんな。

サウナに入ったらとても熱い。5人ぐらいいて、知ってる人ばかり。

「地獄で、焦熱地獄コーナーにもし行かされたら、最初このサウナを思い出すかもね。しばらくはサウナみたいって思うかも。でもだんだん容赦ない熱さになって…」と言ったら笑ってた。

今日はくしゃみがよく出た。花粉症かなと思っていたけど、温泉から帰ったら体の節々が痛くなってきた。そして寒い。もしかすると風邪のひき始めかもしれない。妙なだるさがある。早めに寝よう。

**5月17日（金）**

ひと晩寝たら痛みがなくなっていた。よかった。

今日はあまり暑くないので畑の作業をまとめてやろう。

トマトの苗を植えつける。ヒョロヒョロしてるけど。20本。

畑にいたら宅配の車が家の前に停まった。「はーい」と大きな声を出しながら走って向かう。ダイソンの掃除機が代引きで来た。

向こうから歩いてくる人が。赤い帽子に短パン。

ひげじいだ。ちょっと話す。二日酔いだって。飲みすぎたって言ってる。

「道路沿いにコキアを植えたんです」と見せる。

食べられる野菜が畑にないんだよね〜と水玉さんに話していたら、今頃に出てくるあっさりとした淡竹という竹を持ってきてくれた。茹でる用のぬかも。

おお。うれしい。ついでに庭をひとまわり見せる。なんか違う世界に来たみたい…と言っていた。

夕方、髪をカットに。しばらくぶり。今回はちょっと短めにした。空き巣の話などしていつものように20分ほどでサッと終了。「また来まーす」。

温泉に行ったらサウナにハタちゃんがいた。わあ。ひさしぶり。ことし初めて会ったねって。

**5月18日(土)**

今日から名人戦第4局。別府で。

8時半から中継が始まるので早朝6時半から2時間、畑で作業。ゴマや小豆の種を蒔く。

将棋を見ながらダイソンの掃除機を組み立てて、充電器を壁に取り付ける。

確かに、軽いわ。

将棋のお昼休憩の時間に買い物へ。ひき肉と鶏肉など。淡竹をぬかで茹でたので、それを使って炊き込みご飯を作ろう。

夜はそれと淡竹のみそ汁、淡竹の木の芽味噌。

**5月19日（日）**

2日目。今日藤井名人が勝ったらストレートで防衛が決まってしまうので、できたら豊島九段に勝ってほしいなあ。

始まる前にまた2時間、畑へ。今日は苺の畝の手入れ。

この苺は去年植えた親苗を分けて植えたもの。本当はランナーから伸びた孫苗、ひ孫苗を仕立てて植えるらしいけど、それをしなかったのでとりあえず去年の親苗をそのまま育てている。

今年はぜひとも孫苗、ひ孫苗を育てたい。葉っぱがやけに大きくて硬い。それでもポツポツ苺ができている。去年は余裕がなかったから。

朝食は淡竹の豚肉巻きソテー、淡竹とツナのサラダ、春菊のお浸し。

将棋の日はずっと家のなかにいるから、そんな時にしかできないことをしたい。

このあいだ買ったスライスアーモンドでフロランタンを作ろうか。ついつい面倒で引きのばしてる。それか、梅雨に入ったら外に出られないのでその時にしようかな。
そうしよう。

子鳩たちは家の庭やその周辺にいつもいて、ホーホー鳴いてる。
家の塀の外に蛇の抜け殻を発見。ビー助を思い出した。ビー助古墳は草に覆われていく。

夕方の庭散歩。ヤマボウシの木に子鳩たちがいたみたいで、近づいたら2羽とも隣の家のアンテナに飛んで行った。

将棋は夜になっても五分五分の緊迫感。結果、豊島九段の勝利。ふう。

**5月20日（月）**

ぼんやりとした気持ち。何もすることがないような。
早朝の畑の作業と昼の庭。
温泉でさっぱり。

**5月21日（火）**

毎朝、獣が来たかどうかをチェックするのがささやかな楽しみだ。ネットを張ってある場所を2カ所、見にいく。じーっと観察。獣が来たときは押さえていた石が転がってネットが引っ張り出されている。数日前に来た形跡があったので大きな石を増やしておいた。それからはまだ来てない。

今日は買い物に行って、読書の日にしよう。

**5月22日（水）**

朝、畑で作業していたらひげじいが散歩してた。しばらく立ち話。もうすぐ77歳のお祝いの同窓会があるそうで、そのことなど。ひげじいはまだ75歳らしいけど。コキアを踏みそうになってたので、「あっ！　そこ！」と注意。「そうだった、そうだった」とひげじい。
「お酒は飲まれますか。今度ご一緒しましょう」と言うので、「いかない！」と即答。気を遣って曖昧（あいまい）な返事をすると行く羽目になる。

雨がポツポツ。よかった。雨が欲しかったところ。

剪定(せんてい)したカツラの葉を玄関に下げたらすごくいい匂い。甘い匂い。これはいい。

温泉へ。また毎日行くようになったなあ。習慣だね。

## 5月23日（木）

サクから、「最近スタンプを重ねられるようになったよ」とラインが。

私のラインスタンプ「日常の誘い言葉シリーズ」から「カレー食べに行かない？」など6個、斜めに並んでる。わあ、かわいい！

私もかわいく作ってみた。拡大もできるんだ。


庭を見たら獣が入ってきた形跡あり。ネットは変化なし。どこから…。

空は曇り。特に何もやる気がしない。うーん。今日はだらだらしたまま、あっという間にすぎていきそう。


前回のつれづれノートに誤植があったそうです。

p221、ニコール・キッドマンがニコール・コッドマンって。iとoはキーボードの隣同士なので私が打ち間違えたんだ。みんなで何度も確認してるのにだれも気づかなかったなんてね。あまりにも堂々としすぎててかえって見逃してしまったか。ニコール・コッドマン。いそう。元気で、ブイブィいわせてそう。

願望実現の本を読み始め、途中まで読んだけどなぜかおもしろくない。で、気づいた。実現させたい願望が特にないからだ。で、パタリと本を閉じる。もういいや。

サウナで水玉さんに「コロナの時は世界が終わるかもと思ったけど、なんだかいつのまにか日常生活を坦々（たんたん）と送ってる。案外、世界はそうそう簡単には壊れないのかも…」と話す。

## 5月24日（金）

山鳩兄弟が朝早くからホーホー鳴いている。鳴き声も親鳥と同じくらいうまくなってる。よく2羽で一緒に庭を羽ばたいて横切り、隣の家のアンテナや電線の上にとまってる。

シナノキの花が初めて咲いた！

小さな小さな丸いつぼみがひと房だけついて、ついに花がひとつ、開いた。いい匂い。やった〜。この匂いが大好きで、数年前、苗を探して、やっと小さいのを見つけて植えたのです。

去年ホームセンターでセール価格30円で買ってきた花が咲いて、模様がすごくきれいで感動した。花の名前はジギタリスだった。これがあのジギタリスか…、派手な印象であまり好きじゃなかったけどこれは好き、と思い、今年はいろいろな種類の苗を10本近く取り寄せて植えてみた。

それぞれに咲き、それぞれに違う色と模様がついていた。

でも去年の花の模様がいちばん好きだなあ。去年の苗は今年も咲いた。今年は花の茎が2本出て、花が2つも咲いた。宿根草だから来年もまた咲くかな。楽しみ。

畑ではフェイジョアの花がたくさん咲いてる。庭の日陰でひっそりとしていたのを畑に移植したもの。10個以上咲いてる。セッセが育てているソバの白い花をバックに。

洗濯ものを取りこんだら、干していたシャツに卵が！　蝶（ちょう）かな。1ミリぐらいできれいな黄緑色のが10個ぐらい、きれいな幾何学的な精密さで並んでいる。なぜ、シャツに？　窓を開けてそっと落とす。

**5月25日（土）**

今日は暑いという。

早朝、畑で作業。

注文していた靴下が届いた。足袋風ソックスだ。かわいい。私は今、自分にぴったりの靴下を探し中。これ！　という履き心地のいい靴下に出会うまで。

なにかと話題の石丸市長。ぼんやりと写真を見ていて、このどことなく得体のしれないもわっと感、誰かに似ている…と考えて、ハッと思い浮かんだ。バリー・コーガンだ。正確にはバリー・コーガンが「聖なる鹿殺し」や「Saltburn」で演じた役の底知れなさに似ている。

このあいだ車検に出した時、「傷がありました」と教えてくれた。左後ろに1・5センチぐらいの傷。塗料が剥げて黒い地が見えている。

もしかすると…前にこすって、ペンキを塗ったことがあったけどあれかな。応急処置で塗料を塗ってくれたけど色味が違った。ベージュ色なんだけどその塗料は黄土色がかっている。

「ホームセンターなんかに似た塗料が売ってますよ。車の色番号を見て」と教えてくれた。

で、近くのホームセンターに行ってみたけどなかった。

で、ネットで探したらあったので注文した。それが届いた。ワクワクしながら小さな箱をあける。はけで塗るタイプだ。色も同じ。

よく振って、黄土色の上からそっと塗ってみた。いい感じ。

そのあと、時間を空けて何度も見ては、気になって、ペタペタと3回ぐらい塗り重ねたら、だんだん周りが黒ずんできた。範囲も広がってる。

いけない。やりすぎた。どうしよう。

いそいで物置小屋に行ってペンキのうすめ液と綿棒を持ってくる。周囲を丁寧にふいたら黒ずみがとれた。よかった〜。

今度は慎重に傷の上だけに塗料を塗る。そおっと。

どうだろう。

いい感じ。

うーん。もうちょっと塗り重ねるか…。2回目。3回目。

これ以上やったら、またやりすぎになる。やめなきゃ。

離れて見てみたら、どこだかわからない。よかった。

明日（あした）から名人戦。第5局。北海道の紋別（もんべつ）にて。

前夜祭と観光の映像を見る。観光ではゴマフアザラシに芸をさせていた。

海をバックにちょこんとかわいらしく並んだ藤井名人と豊島九段。

係りの方の指示に従って、手を上げたり下げたりしてアザラシにバンザイをさせたり、指をくるくるっと回してアザラシをくるっと回転させたり、口にエサを近づけてパクッと食べさせたり。珍しい光景だった。

貴重な映像。見ようによってはふたりが芸をしているようにも見えた。

**5月26日（日）**

将棋を見ていたらしげちゃんとセッセが庭を見に来たので一緒に散歩する。

夏らしい花が咲き始めてる。

オレンジ色のユリや赤いカラーがパッと目に鮮やかだ。

あれがこれが…と説明しながら歩いていたら、「この庭は一見無造作に見えるけど計算しつくされてるんだね」とセッセ。

「そうそう。毎日くまなくチェックしてるからね。雑草の花も、これは残すけどこれは取る、っていちいち厳しい目で考えてる」

今日は風が吹いてすごしやすい。

これから天候が崩れて、かなりの雨が降るという予報。

窓の外に落としたなにかの卵を見てみる。まだそこにある。

用事があってちょっとセッセのところに行ったら、ガラクタが散乱している小屋の前に欲しかったムラサキミツバを見つけた。ブラックガーデンを作ろうとした時に注文しようかなと迷っていたやつだ。わあ。

驚いた。スコップで掘ってもらった。これはうれしい。

車の傷を見てみたら、本当にどこなのかわからないほどだったので安心する。

将棋の日には大好きなタイグリーンカレーを作ることが多い。今日も。

このあいだもらったタケノコを入れた。

## 5月27日（月）

パッと目が覚めて、時間を見ると2時。

しばらくじっとしていたけどお腹が空いてきた。こうなったらもう眠れなくなるのがわかったのでごそごそと起きだしてカレーを食べる。小さな器でね。

雨が降っている。

4時ごろ、また眠る。


起きて、将棋の続き。紋別はサロマ湖の左の方。昔、車で通ったはずだ。懐かしいような気持ちに襲われた。

空はどんより。庭の緑が濃いなあ。しっとりしてる。

フロランタンを作ろうと思ってレシピを見たら、オーブンを使ったりで面倒くさい。なので、アーモンドスライスを砂糖とハチミツで固めただけのおやつを作る。中にマカデミアナッツ、ドライココナッツ、ドライ苺(いちご)、チョコなど、あるものを入れて。

今、YouTubeで「ふと思ったこと」を話しているんだけど、続くかどうか自分でもわからない。時々、作業中などにふと思ったこと、ハッと気づいたこと、感情が揺さぶられたことがあると、話すエネルギーが瞬間的に生まれる。

そんなことを話したいと急に思って。

そのエネルギーが生まれるような感情の動きがないとしゃべれないので、自分でもいったいいつまで続くのかわからない。

続くまではやれるだろう。気持ち任せでいこう。

とりあえず8月までやってみようと思っているところ。

とにかく気持ちに忠実に。

でもそうすると先のことを約束できない。

なので必然的に、約束しなくてもいいものだけをすることになる。

それでいいと思うのです。


将棋は藤井名人が勝って初防衛。

**5月28日（火）**

今朝がたはすごい雨だった。
庭を見ると小さな枝が折れてあちこちに落ちている。
でもお昼ごろから晴れて、午後は日も射してきた。
地面は濡（ぬ）れているし何もやる気になれない。
今日は特に何もしないで過ごす。

**5月29日（水）**

ふきの葉のおむすびの作り方を知ったので作ってみた。
小ぶりのふきの葉を4枚、ゆでて塩漬けして、鮭入りご飯をキュッキュッ。
ふきの緑がきれい。一度作ったら安心。また作れる。年に1回ぐらい作ろうかな。

ちょ、しまった！　また発見。間違いを。
前回のつれづれノート、12月12日。花びらに線がたくさん入った「ニゲラ」の花は、「ビオラ」の花です。ニゲラさんちに行く日だったので間違えてしまったよう。写真の説明にもニゲラって書いてる。ああ〜。すみません。ビオラです。訂正します。

夕食は、ニンニクと玉ねぎのソテー。畑で採れた小ぶりのもの。それと牛肉のソテー。切り干し大根。色がすべて茶系だった。

## 5月30日（木）

ピーマンの芽がやっと出始めた。種を買ったのが遅くて、このあいだ種を蒔いたから。

夏野菜の苗はホームセンターでは早くから出るけど、温床で作らない私はトマトは先週、ナスは今週、ようやく畑に植えた。まだ小さいのもあったけどまあいいかと。

この時期はホームセンターの野菜の苗を見たくない。あんな大きいのが…私のはまだ芽も出ない…まだ数センチ…としゅんとしてしまうから。

でもやっと暖かくなって少しずつ苗も育ってきて、どうにかちょこちょこ植えているところ。

今日はいいことがあった。

去年、ガーゼの服をたくさん買った。まだ着てないのも半分くらいあるが。軽くてあたたかくて着やすいのがいい。そしたら、去年たくさん買ってくれたからと、そのお店から突然タオルのプレゼントが！

荷物の店名を見て、何か買ったかなあ…と不思議に思って箱を開けたらプレゼントだった。ふわふわのタオル。何度もほほにあてて、首に巻いて庭を歩いたり、見るたびにうれしい。

シャンパンもたくさん買ってくれてるからと1本もらったし、ダイソンの掃除機もなんかうれしかったし、最近よくお礼をしてもらってるなあ。全体的に、お得意様を大切に、という気運が高まってきているのだろうか。

お客さんを大切にするお店からはこれからも買いたくなるわ。

明日(あした)は叡王戦第4局。藤井八冠が角番という重要な対局。とても楽しみ。

**5月31日（金）**

雨。

シトシト。

将棋観戦。たまに傘をさして庭を歩く。

玄関前に置いたトレイの野菜の芽をじっくり見る。ピーマン、きゅうり、ヘチマ、ズッキーニ、ビキーニョ（辛くない唐辛子）。この眺める時間がリラックスタイム。

お昼にまたふきの葉のおむすびを作る。小さめのふきの葉を摘んで、ゆでて、塩漬け。浅漬けだけどまあいいか。色がとてもきれい。

紫からし菜の種で辛子を作るために茎ごと乾かしていた。将棋の日に作ろうと思って。

それを台所に持ってきて莢(さや)を茎から外す。まずはここまで。

ちょっとずつやろう。大量だったら足で踏んで種を落とすみたいだけど少量なので手でやる予定。からし菜の種はとても小さい。

今日も子鳩たちがヤマボウシの枝に仲良く並んでいた。よしよし。

最近、なんかここ数週間、ずーっと我慢しているような気持ちがしてる。

なんだろう。

じりじりと動かない状況を、あせらず、坦々(たんたん)と、今は我慢して日常を送る。

もうしばらくしたらパッと晴れる。

展望が開ける。

なにが？
わからない。
そんな気がするけど、今はじーっと我慢して坦々と日々を送ってる。
我慢の日々ってある。

6
月

**6月1日（土）**

今日はいい天気。

畑で少し作業してから庭へ。

いちじくの芽かき。うーん。これを残した方がいいか…、いろいろ迷いながら。わからないところはしばらく様子見。

からし菜の種を集めた。すごくぽっちり。ぷふ。笑えるほどの少量だ。

まあ、いいか。これでマスタードを作ろう。

**6月2日（日）**

これからの一週間は天気がいいけどそれ以降は雨や曇りの日が多いらしい。なので今のうちに剪定（せんてい）作業をやっておきたい。

で、前からやろうやろうと思っていた大物、カラタネオガタマ、ベニバナトキワマンサク、ティーツリーをチェーンソーも駆使してやってみた。剪定した枝の整理も少し。枝整理は細かい作業なので少しずつヒマヒマにやろう。

明日はカラタネオガタマの残り3本を剪定したい。

今日はその作業で一日が終わった。

最後に温泉へ。

人が少ない。水玉さんが「ねえさん」と呼ぶ方がひとりいただけ。洗い場でポッポッ話す。

その方も出て、ひとり。

水風呂と温泉を行ったり来たりする。汚れたすりガラスの向こうにモミジが植えられていて、その影がガラスに映っている。

それを見ながら水風呂に浸かっていたら、ぼんやりとしたいい気持ちになった。

また温泉へ。

最近は特に楽しいこともない。

でも、このつまらない日々を坦々と送ることがやがて蓄積していいことになる気がするので、つまらなくても我慢して坦々とすごそうと思う。

家に帰って、畑でレタス類を採る。小さなのを7枚ほど。それと苺1個。苺はおいしい。いつも大事に食べている。

そう。

非常に代わり映えのしない日々だ。

たまに人をうらやましく感じることがある。

でも、よく見ていくと、自分にはできないこと（したくないこと）なので実際はうらやましくはないはず。

でも反射的に「うらやましい」と感じた自分が、…嫌だ。

まだまだ多くの人の持つ価値観に左右されている。

まだまだだなあ。

まだまだ道の途中だ。

**6月3日（月）**

早朝。

芽出しトレイにへちまの芽が出ていたので畑のねむの木の下に植え付ける。

それから苺の葉っぱを整理。他にはあまりすることがないので庭木の剪定をしようかな。

そこへ、ひげじいがやってきた。二日ほど風邪ひいて寝込んでいたのだそう。その前にさつま芋の苗の植え付けを手伝ったのでそれで疲れが出たのかもと言う。

「へえ～。さつま芋の苗を？　どんなふうに？」

いきなり好奇心のアンテナに響いたので詳しく聞いた。1万本も植えたんだって。みんなで。ずっとスクワットをしているような感じだったので足が痛くなったって。品種は焼酎(しょうちゅう)用の黄金千貫(こがねせんがん)。

話しながら家に向かい、じゃあ、また～と別れる。


木の剪定をしていたら、枝が塀の外の道路に落ちてしまった！　そこは数メートル低くなっていて、取りに行くにはぐるっと回らなくてはならない。

ああ…しょうがない。ついでに草取りしよう。年に1度くらいやってる。草刈り機があるので今年は楽かも。

台車に草入れと草刈り機、草を集める熊手を載せてトコトコ。

草刈り機で道の端の雑草をブーンと刈っていたら、真ん中ぐらいまで来て急に刈れなくなった。機械は動いているのに切るナイロンコードが見えない。あ、もう使い終わったのかも…。消耗品らしいから。

草刈り機はあきらめて、残りは剪定ばさみでチョコチョコ切る。

切っていたら、見知らぬ変わった葉っぱの草を見つけた。やわらかい葉に白い毛が生えている…。なんだろう。一応、持って帰ろう。根ごとひきぬく。

熊手で草を集めて、草入れに入れて、台車に載せてまたトコトコ。

刈った草は畑のすみっこに置いとく。


なんかまた昨日、獣が来たみたい。

ネットがめくれてた。そして置いていた石がひっくり返ってる。まだだめか。今度は木の棒を1本、ネットにさして地面に留めておく。そして石を置く。

庭の反対側に行くと、そこのネットにも何かが入ってきた形跡があって石が動いてる。こちらには細い棒を何本も並べて、石も増やす。これでどうかな。

白い毛の草を調べたら、ゴマノハグサ科のビロードモウズイカ（ニワタバコ）のようだ。1・5〜2メートルにもなるんだって。へー。庭に植えてみよう。(枯れた)
午後は剪定枝の葉っぱを細かく切ったりしてすごす。

夕方、温泉へ。

温泉が出てくる岩場に、まるで充電ポートみたいなくぼみがある。そこに水玉さんが最後にいつも首をカツッとはめ込んでいる。

「充電してるみたいだね〜」といつからかふたりで笑いあっていた。

今日は笑いさんがいたので充電ポートのことを教えてあげた。

「やってみて」と勧めたら首をはめていた。

「ワハハ」と笑って、「まだ充電不十分だけど時間だから出るわ〜」って。

その岩場に首をはめ込むと、奥から熱い温泉がちょろちょろと出てきて首の根元にあたる。それもいい。

家に帰って、畑へ。

夕食用に岡ひじきを採る。植えてから初めて。あと小さな玉ねぎをひとつ。

**6月4日（火）**

今週は剪定週間。無心にがんばろう。

朝、カラタネオガタマの一番大きなのを剪定した。ずっと気になっていたのでやり終えてホッとする。3時間ほどやった。

次に畑に行ってジャガイモを1本、掘る。小さいのが2個。今回はあまり大きく育たなかったなあ。でも今日の食材として大事に食べよう。それと中ぐらいの玉ねぎを2個、あとニラ。

家に戻って洗濯など。


午後。草刈り機のナイロンコードを買わないとなあと思い、説明書を見ながらカバーを外してみた。すると、まだコードはたくさんあった。

ブロック塀などに近づけすぎると切れてしまうことがあると書いてある。昨日、ブロック塀に近づけたんだと思う。どうりで、なくなるのが早すぎると思ったわ。

ついでにマキタの草刈り機のパンフレットをじっくり見ていたら、だんだんもうひとつ上の機種が欲しくなってきた。今のこれはコードが1本のいちばん小さいやつだ。怖かったから。でも、ひとつ上の樹脂刃3枚というの、いいなあ。これだと硬い茎の草刈りも可能ですって書いてある。今のはヒメジョオンの茎もうまく切れないもの。いいなあ、これ。色もピンク色でかわいい。次に買うときはこれにしよう。

楽々切れそう。早く欲しい…。

### 6月5日（水）

日陰のベンチに座って、剪定した枝から葉っぱをチョキチョキと切る作業を午前中やる。この作業、大好き。ずっとやれる。けどやりすぎると次の朝に手がしびれることがあるので休み休みやらなければ。

作業中、吉野敏明チャンネルで熱く語られる健康のこと、毒舌の内海聡チャンネルで日本の絶望的という状況を興味深く、これでもかと聞いて気持ちがぐーっと沈んだあと、家に入ってご飯を作り、食べながらトム・クルーズの「宇宙戦争」を見て宇宙人から逃げ回っている緊迫した場面を見ていたら、もういいや、逃げない。こんな世の中ならいっそのこと戦わずして死んでもいい…という気分になる。

今後、ガチガチに管理される社会になったら私はどうしよう。苦しくなるか、あるいはしょうがないとあきらめておとなしく従うか。

うーん。たぶん…、従うだろうなあ。性格的に。

でも、本当に嫌だと思うことを強制されたらわからないなあ。


午後はティーツリーの葉っぱを剪定枝から細かく切って、まとめる。ティーツリーの葉っぱは細くてチクチクしている。あまり腐葉土にはならなそう。


4時。草刈り機を使ってみたらけっこう強く切れる！　ヒメジョオンも切れた。

「わて、わりとやれまっせ〜」と言ってるみたい。

これで全然いいかも。要領がまだよくわかってないから、使い慣れたらもっとうまくできるだろう。これでいいや。今は。コード1本の一番小さいこれで。


温泉へ。

今日も人が少ない。最初3人いたけど、みんなあがった。あがりがけにねえさんが「(男性が)間違って入ってきても(脱衣所に)3人いるから大丈夫よ」と声をかけてくれた。

水風呂と温泉を行ったり来たり。水風呂に長くいるとだんだんボーッとしてくる。

このぼんやり状態がいい。いったん現実から離れる感じ。

## 6月6日(木)

今日は棋聖戦第1局。相手は山崎(やまさき)八段。場所は千葉の「龍宮城(りゅうぐうじょう)スパホテル三日月(みかづき)」。行ったことある。金の浴槽があるところ。

早朝、畑へ。雨が降りそうなので玉ねぎを全部収穫する。8個ぐらい。ジャガイモも少し。将棋を見ながら手羽元のさっぱり煮を作ろう。

国内外の高級リゾートホテル、新しくできた離れ形式の高級旅館、NYやドバイのタワマンのペントハウスなど、ルームツアーをいくつか見たら最初はおもしろかったけど、すぐに飽きてきた。こうやって中を見られるってだけでちょっとがっかりするっていうか、価値が色あせる。訪れた人しか知らないというのがいいんだけどなあ。

さっぱり煮を作ったり、葉っぱを切ったり。

将棋は藤井棋聖の勝ち。

## 6月7日（金）

朝、畑へ。

さつま芋の芽が出てた！　小さいのが数個。

とてもうれしい。もうだめかと思ってたから。芽が出なければ今年はあきらめるつもりだった。すごくうれしい。

10時半に市の出張所にプレミアム商品券を買いに行く。5000円で6500円分の買い物ができる券。今回は3つ。面倒で申し込まない時もあるけど今回は申し込んだ。

庭で、また剪定枝を細かくする作業。

作業BGMは暇空茜のライブアーカイブ。石丸伸二（しんじ）にうさん臭さをビンビン感じるとかで過去の言動をいろいろとまとめていた。これはおもしろくなってきた。私も何とも言えないもやもやを感じていたので解明してくれるかも。

午後は読書。ＳＦ「星を継ぐもの」。

畑仕事をしている時に思ったけど、私は偽善者がきらいなんだ。


温泉へ。

サウナで水玉さんが「年を取るのが嫌だ…」とめずらしく弱音を吐いている。

「どうしたの？」と聞いたら、最近身近に病気になった人がいたりして気持ちがしゅんとなっているそう。しかも先日、気持ちいいお風呂上り、玄関前に腰かけていたらアリの行列があって、いったいどこから続いているんだろうと思い、ずっとたどっていって、途中で起き上がったら郵便受けの角でおでこを打ってしまい、すごく痛くて、今も時々頭が痛いような…、病院に行こうかと思ってる…と心配顔で言う。

あら〜。かわいそうに。


温泉から出て、車にトコトコ向かっていたら、駐車場にクマコがいた。

赤いアジサイがきれいだねと言ったら、その赤いアジサイと白いアジサイを挿し木用にポキッと折ってくれた。他にも欲しいのがあるのでそれはまたいつか。


そういえば…。

昨日の夜7時、動画を見ていたら、「意図が大事です。そのためにひとつ実験をしましょう。今から72時間後にタイマーをセットしてください。そして72時間以内に『思いがけないいいことが起こる』と意図してください。そしてそのことを忘れてください」と言っている人がいたのでやってみることにした。72時間後にタイマーをセットできなかったので3日後の同じ時間を手帳に書き込んで、思いがけないいいことが起こる、と意図したんだった。

もしかして…、さつま芋の芽のこと？

確かにすごくうれしかった。でも思いがけないだろうか？

半分はもしかしてと思っていたので思いがけないとはちょっと違う。もっといいことが起こるかもしれない。楽しみに（忘れて）待っていよう。9日の夜7時まで。

## 6月8日（土）

雨が降る前にじゃがいもを掘り出す。

春植えは小さくて少ししかできなかったなあ。秋は種イモを買ってもっとたくさん植えよう。

それから塀の外のドウダンツツジなどをトリマーで刈る。

雨が降ってきた。

家に戻って、ご飯を食べて、庭を回って気になったところのちょこっとした作業。

びわが今年も実をつけない。強剪定したから。今後どのように枝をもっていくか、じーっと見て、いろいろ考える。

それから読書。

温泉へ。

今日は土曜日だからかお客さんがわりといた。よかった。たまにはいないとね。

サウナでは水玉さんとふたりだったのでポツポツしゃべる。

今日、気功マッサージっていうのに行ったんだって。

「へえ、どういうの?」

70いくつかのとても元気のいいおじいさんで、強く押さえないけどところどころ痛いところがあったそう。1時間半で3000円。看板を出しているわけではなく人から人への口コミ。最後に気を入れてくれて、しっかり立ってぐらつかないようにしてくれたって。

予約の声が元気よかったから会うのが楽しみだったと言われたそう。元気のない声の人が多いからって。

確かに。

人に体を触られるマッサージは苦手だけど、いつかどこかが痛くなったら行ってみようかな…と思った。

梅雨に入ったんだって。

## 6月9日（日）

雨。

結局、夜の7時までに特にうれしいことは起こらなかった。やはりあのさつま芋の芽がそうだったのだろうか。

## 6月10日（月）

曇りのち晴れ。

何もする気になれず家にいる。途中、ヘチマの種を畑に植えに行った。

思いがけないいいことが起こるようにまた意図した。朝8時に。72時間待とう。

今度は、「今はまったく想像できない」いいことにした。

私は今、100パーセント自分の好きなことをする生活をしている。これは実験だとも思う。そうしたらどうなるか。

ひとりではあるが寂しくない、という生き方も研究していく。

夜、ホラー映画「バーバリアン」を見ておなかがうっすら痛くなる。気分がうっすら悪くなったのにつられてという感じ。でも好きなところもあった。シーンの切り替えとか。ちょっと「ゴーン・ガール」を思い出した。

## 6月11日(火)

朝、畑へ。

長雨が始まる前に外の仕事をやっときたい。

庭の花壇に蒔いたネギの種が芽吹いて、数センチのネギがたくさん出ていたところ、もぐらがその直下を通ってドーム状に土が盛り上がり、そこにじょうろで水を撒いたらポコッと穴が開いて大きなもぐらの穴にネギがスーッと吸い込まれてしまった。それで一部分を掘り出し、畑に移植した。

それから草を刈っていた時、それを発見した。
「思いがけないいいこと、まったく想像していなかったいいこと」を。枯れたと思っていたポポーの木の根元から小さな新芽がでていたのだ。
新しい苗を買って植えたのだけど、まさかまだ生きていたとは。
とてもうれしい。これは想像していなかったので、これこそまさに思いがけないいいことかもしれないと思った。

庭ではなかなか踏み込めない端っこの木の裏の草刈り。いつも手前の木に隠れていて見えないあじさいがあって、そのあじさいは庭の中でも特に好き。日の当たり具合のせいか枝によって色が違う。そのあじさいが咲いていた。青系統できれい。4つ摘んで台所に飾る。

買い物へ。

新しいポポーの苗には買った時すでに小さな実がかたまって4つついていた。1センチぐらいのが。それがちょっとずつ大きくなって、今日、3個落ちていた。残りの1個は大きくなってる。

ポポーのことを考えていて、ハッと思った。

根元から芽が出ていたということは、あれは台木の芽だろう。接ぎ木苗だったから。「マンゴー」という品種だけど、たぶん台木の別の品種だ。ということはやはり新しい苗を買うしかなかったのだろう。

思いがけないいいことって、私の場合、こういうこと止まりなのかなあ。

すごくいいことって、昔だったら、宝くじが当たるとか、何かの賞を取るとか、恋人に出会うとかが思い浮かぶけど、今の私にはどれも用がない。なので、いいこともほどほどなんだろうなあ。

それとも本当に思いがけないいいことが存在するのだろうか。

でも、このポポーの新芽って、別に意図しなくてもそのうち気づいたよね。だったら意図とは関係ないのかも。うーん。わからん。

が、意図と72時間の実験はもういいや。特に張り切って望むものがないから。

夕方、温泉へ。

今日も人が少なく、後半はたまに挨拶(あいさつ)を交わす年上の元気な方とふたりだった。一緒に温泉に浸(つ)かりながら、ふと田植えはいつごろだろうと思い、聞いてみた。

今ごろだそう。

田んぼに水を入れてしばらく置いてから田植えをするそう。それからお米について聞きたかったことをいろいろ聞いた。保存、買い方、味、今年の田んぼの様子など。そのほか連想的に思いついたことを話した。魚のこととか。人と話していいことは、こういうふうに話がどんどん飛んで行って、思いがけずいろいろなことを知れること。

## 6月12日（水）

曇り。

じゃがいもの畝を作り直す。あまりきれいな畝じゃなかったので。あともぐらの穴がたくさんあったので。

2つの畝をひとつにした。草を取ったり、小石をよけたり。丁寧にやったので親しみがわいてきた。

私はその場所、土のことがよくわからないと、こわごわと遠巻きに接してしまい、あまり心を開けない。こうやって一度しっかり手をかけて中身を見定めると安心できるので、次のじゃがいもはきれいなのができるかもしれない。

温泉で、「出来立ての今のピーマンはやわらかくておいしいね」と水玉さんが言ったので、「うちのピーマンは今双葉が出たばかりで3センチぐらい」と言ったら、「持ってきてあげようか?」と聞かれた。

どうしよう。本当は自分のピーマンができるまで待ちたい。でも、それはずっと先になりそう。しかも育たないかもしれないし。

で、「うん」と言ったら、きゅうり1本とピーマン5個を持ってきてくれた。うれしい。

さっそくピーマンと豚バラ炒め(いため)を作った。

**6月13日(木)**

今日も早朝から畑仕事。

新しく買ったミニ保冷水筒に薄い梅ジュースを入れていってみよう。暑くなってきたのでそろそろ水分補給が必要。畑で飲む水はおいしい。

昨日作った畝に草を敷く。

それから隣の畝の補修。崩れた土をきれいに戻す。

そして、よし、梅ジュースを飲もうと水筒を取ろうとしたら、なんと! バッグが濡(ぬ)れていた。ふたがきちんと閉まっていなくてこぼれたみたい。悲しい…。底に残っていたわずかな梅ジュースを飲む。次はちゃんと閉めよう。

お昼は昨日もらったきゅうりで冷や汁を作る。

午後は剪定(せんてい)したドウダンツツジの枝を細かく切る。ツツジは小枝が四方に広がっているので大まかに切ると切ったかたまりがぶわっと広がってしまう。なので細い枝も1本ずつコツコツ。

夜はピーマンの豆腐肉詰め。豆腐が多すぎて思ったような味にできなかった。ガクリ。

**6月14日（金）**

早朝、畑に行ってナスの一番花を落とす。3つ。

今日は暑いんだって。

明日(あした)から雨の予報なので午後になったらピーマンの芽を畑に定植しよう。まだ3～4センチだけどこれから雨が続きそうだから。

買い物に行って冷や汁用にミョウガを買う。ももとトウモロコシも。

温泉へ。

サウナでは水玉さんと笑いさんと3人。水玉さんは昨日、人間ドックに行ったそうでその時の失敗談をおもしろく語り、笑いさんが爆笑していた。私は特におもしろいと思わなかったので目をつぶってサウナの熱さをじっくりと味わう。

夜はトウモロコシごはん。

**6月15日（土）**

雨が降りそうで降らない。なのでピーマンはまだ定植しないでおこう。
どんよりとした曇り。蒸し暑い。
庭の木の剪定。少し前にまた顔がかゆくなって、ずっとかいていたらすこし腫れてしまった。いけない。触らないようにしないと！
やる気の出ない一日だった。

**6月16日（日）**

自分の好みをはっきり打ち出し始めると、ある種の人と気まずくなるのはしょうがない。生き方を決めるとそういうことがある。

鳥が種を運び、庭にいつのまにか生えているクロガネモチという木は大木になるので抜かないと危険という動画を見て、あわてて庭に飛び出す。もしかして、目隠しにいいと思って移植した木がそうかもしれない。

赤っぽい枝、互い違いに出ているつやつやした葉。そうかも。剪定ばさみで小さく整える。気をつけていよう。

ある時、気づいた。

ちょうどよくなっている。全部が。

失敗したと感じる出来事も、思い返せばそれでよかったと。

少ない、小さいとガッカリしたことも、ちょうどいい数だった。

それならば、今後もそうなのかもしれない。

なんでもちょうどよくなっている。ちょうどよくできている。

そう思えば失敗したと思わなくてすむなあ。あの数限りない失敗たちよ。

「ちょうどよくなっている」、これは私を安心させてくれる言葉。

温泉へ。

サウナで水玉さんが「体で今、どこか痛いところある?」と聞いてきた。

うん？

「うーん。ない。…あ、顔と指がかぶれてちょっとかゆい。剪定で」

それから水玉さんの痛いところの話を聞く。

聞きながら思った。今、痛いところがないってことは素晴らしいってこと。

たとえ病気でも、今、痛くなかったら病気じゃないともいえる。

今、痛いかどうかだ。

**6月17日（月）**

雨。

将棋の日。棋聖戦第2局。場所は新潟県の旅館、髙島屋（たかしまや）。

朝食は目玉焼き。岡ひじきを摘んできて付け合わせに。

庭を散歩。今の楽しみはいちじくの実を数えること。小さなポチッとしたのも入れると30個ぐらいある。このいちじくの木は冬に強剪定して枝を誘引してしつらえたもの。いい感じだ。

来年はもう少し低くしよう。

私はやはりスピリチュアルより哲学が好きだと思った。ものの考え方みたいなこと。たまに哲学的な考えに触れなければ。そうすると気持ちが解放される。

見ることが大事。

どこから手をつければいいかわからないこともずっと見ているとだんだん急所がわかってくる。剪定が難しい木をいつも見ていて思った。

私が毎日をより自分の好きなように生きるようにしていることを図に描くとこういう感じ。

下が嫌なこと、上が必然的だと思うこと、上の方の割合をだんだん増やしていってる。下が完全になくなることはないだろうけどより少なくなるように。

そして境目ではいつも外界との攻防や葛藤が起こっている。

晩ごはんはタイカレー。

将棋は藤井棋聖の勝ちでした。将棋は難しすぎてほぼリラクゼーションミュージック、アロマ、お守り的存在に。でもそういうものがあるだけでうれしい。

外は強い雨。

## 6月18日（火）

何もする気がしないわ…。
雨はやんだけど地面は濡れているし、今日はだらだらしよう。

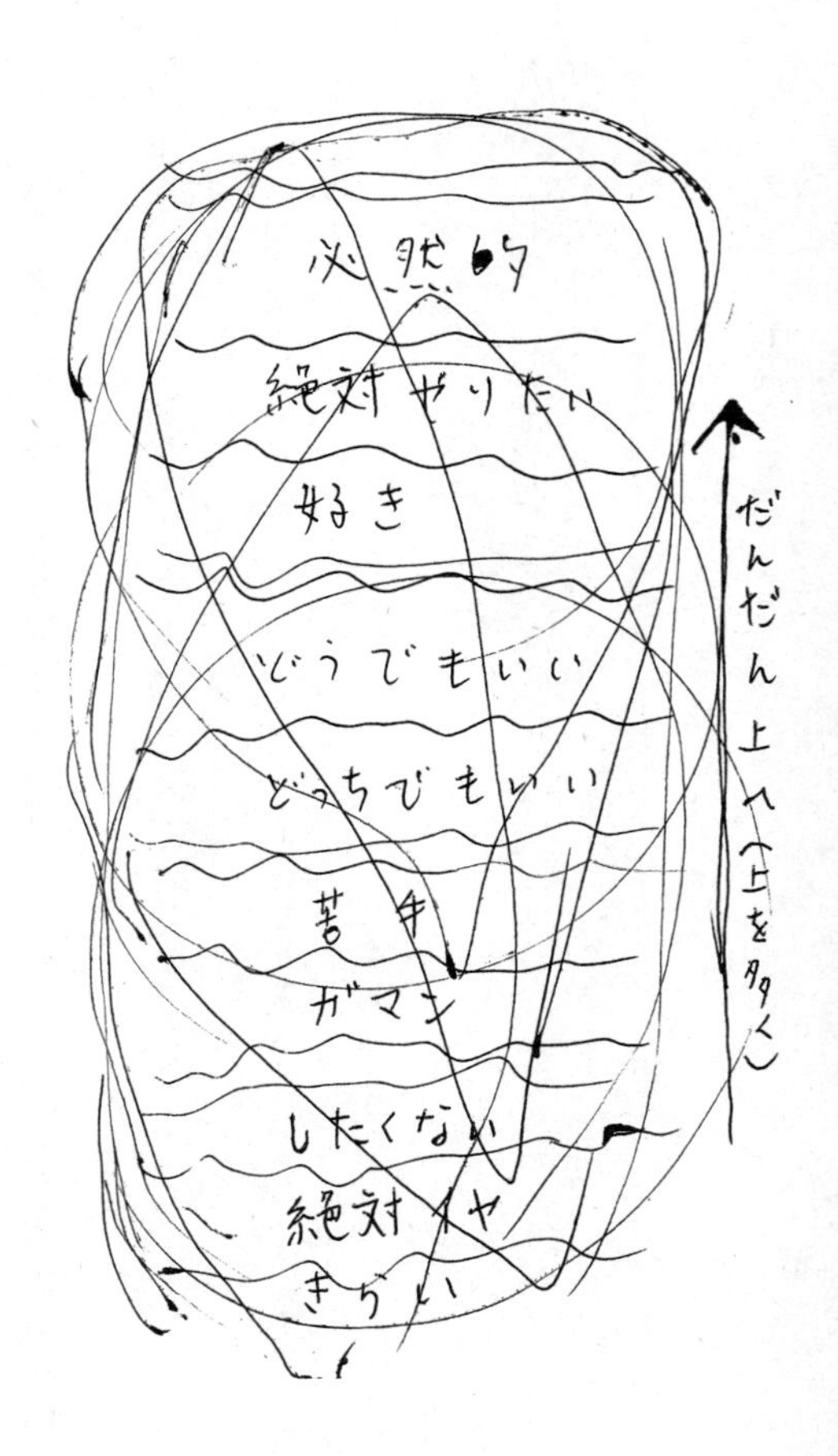

インゲン豆ができ始めてよかった。

ニコニコ動画へのサイバー攻撃大変そう。今後もどんなことが起こるかわからない。ネット環境に依存しすぎないように対策を、と人々が言ってる。

なので私もあわてて手帳に子供ふたりの電話番号とメールアドレスを書きつけた。

人づきあいの極意、最後のところをふわっとしとく。

アマプラでミステリー映画「インビジブル・ウィットネス　見えない目撃者」、最後まで見たのでおもしろかったのだろう。

**6月19日（水）**

毎日、１日ずつ日が過ぎていってる。

坦々とした日々。

なんとなく今、考えや感情を整理する必要を感じる。立ち止まって整理しよう。

最近生まれた小さな未整理のもやもやがある。数個。

いったんここでちゃんと考えよう。

あることへの対処法を変える必要を感じてる。


温泉へ。

サウナで聞いた話。

おととい、サウナの床に小さなウンチが転がってたんだって。

きゃあ〜!

帰りがけ、クマコに詳しく聞いた。お客さんが見つけて掃除してくれたって。

気をつけないと…。お年寄りの多い浴場では時々ある。

## 6月20日(木)

今日は大雨。そして叡王戦第5局。

スパゲティを作ったりして、家でまったりすごす。

緊迫した将棋が続く中、暇空茜が都知事選に立候補したという動画が。最初、冗談かと思ったけど本当だったので驚いた。

「個人でやってる。バックに何もない。うそは嫌い」というところに共感している。

将棋は伊藤匠七段が勝利して初タイトル獲得。新たな叡王誕生。感慨深い。

## 6月21日（金）

蒸し暑い。

買い物へ。途中の道ばたに短パンを穿いた子どもがいると遠くから思ったらひげじいだった。

いくつかのお店を回る。

家に戻って、さて、どうしよう。

お昼にさっき買ったバゲットを焼いて食べよう。焼きすぎて焦げてしまった。焦げた部分を包丁で削って食べる。

畑に行きたいけどあまりにも蒸し暑いので今はやめよう。4時ごろに行こう。

それまで家で何かしとこう。

読書など。

窓の外を見ると、黒にオレンジ色の線のあるきれいなちょうちょがたくさん飛んでいる。大量発生だ。数日前からよく見かけるが、なぜだろう。

鰆の切り身を買ったので粕漬けにする。

冷蔵庫の野菜室に保管しておいたコクゾウムシがわいたお米。このまま置いていると劣化するばかりなのでやはり食べることにした。炊いてみたらおいしく食べられた。


温泉へ。

今日は温泉交代日。

果物さんがいた。今年の果物について少し話す。ブルーベリーが鳥に食べられて悲しいと言っていた。サクランボも一瞬で食べられたとか。

会話をしようとしたけどなぜか間合いが微妙にかみ合わず、聞くことに徹する。

玄関から出たら、クマコと常連さんが外のベンチで話していた。クマコが庭の木を見あげてる。

「何見てるの？」と聞いたら、「ちょうちょ」って。

あ！　あれだ。黒にオレンジの。

「害虫よ」と常連さん。「イヌマキにつくの。今年、大発生してるんですって」

「えっ！　そうなんですか？　うちにもたくさん飛んでます」

「駆除しないと」

きゃ〜。そうだったのか。そういえば前にも大発生して3本あるイヌマキに薬を散布してもらったなあ。

調べたらキオビエダシャクという名前だった。

クマコって率直で子どもみたいでおおざっぱ。私はそういう人は気を遣わなくて助かるけど、嫌だと思う人もいる。

ある日、クマコが玄関のお客さんの履物を靴の先で移動させていたところ、それを見た常連のおばあさんが30分も説教したそう。

その時のクマコの返事が、「だって汚い靴を手で触りたくないもん」って。

ククク。

夜はスパイスチキンカレー。

**6月22日（土）**

今日からしばらく大雨が続く。

家でのんびりしていたら電話が。ネットのプロバイダーの乗りかえの勧誘だった。

実は私はずっと、今のプロバイダーでいいのか、もっと安いところがあるのではと思い、何度も調べて、よくわからずそのまま…を繰り返していたところだった。

なので話を聞いたら、今のところよりも安くなるという話だったので乗りかえようと思った。ルーターの交換とか今使ってる機械を送るとか、細かい面倒くささはあるけど安くなるならいいか…。

で、最寄りの代理店から電話がいくのでよろしくお願いしますとのこと。

しばらくして代理店から電話がきた。いくつかの点を確認される。

そして、「けっきょく乗りかえ後に毎月いくら支払うことになりますか?」と改めて聞いてみた。すると最初は安くなるけどその後高くなり、長く使い続けるとかえって今よりも支払額が高くなるかもということがわかった。

だったら面倒がない分、今のままがいい。なので金額を細かいところまで聞いてメモして、「計算してもうちょっとじっくり考えます」と返事した。

来週、考えた結果を伝えることになった。最初の人から電話がくるって。

断ろう。

ずっと気になっていたからあまり変わらないということがわかってよかった。

これでもうこの問題は考えずにすむ。かえって電話がきてよかった。

ホント、半年に一度ぐらい気になっていたから。

鰆の粕漬けを焼いて食べる。なんかかたい！　焼きすぎたか。

**6月23日（日）**

昨夜からすごい雨。

雨の音で目が覚めた。

うわあ。これはすごい。

屋根があってよかった。壁があってよかった。床があってよかった。


朝起きて、庭をひとまわり。

イヌマキの木を見上げる。この豪雨でちょうちょの卵が流されたらいいけど。

どうなるか。


社会の変化が激しい今。今までの仕組みが壊されていく今。この先どうなるかわからない不安定な今。

こんな時こそ、新しいこと、無理だと思っていたことができるようになるかもしれない。ゴタゴタだから希望がある。チャンスがある。

…などと思いながら朝食のジャムトーストを焼く。ジャムはブラックベリージャム。

雨はずっと降ったりやんだり、陽が射したり曇ったり。
気になっていた取っ手が外せるフライパン、「フライパン　ジュウ」をふるさと納税で注文した。使い心地はどんなだろうか。

雨の中、温泉へ。
サウナで常連さんと話す。
果物をたくさん売ってるスーパーがあって、いつもは行かないんだけどおとといい近くを通ったので寄ってみた。そしてすももとももを買ったという話をした。
ふくちゃん「あそこはたくさん果物があるね」
私「でもめずらしくマンゴーがなかった。いつもちょっと安いのがあるのに」
水玉「私はマンゴーを食べると口がかゆくなるからあまり食べない」
私「私はマンゴーは1年に1回ぐらいでいい。外食で、きれいに切られたのが食後にふた切れぐらいあったらそれでいい」
笑い「そうそう」

家に帰って畑を見に行く。

レタスと枝豆を採った。枝豆は今年初。去年は全滅だったけど今年は大丈夫そう。茹でて食べたらおいしかった。

鰆の粕漬けを今度はアルミホイルで包んで焼きすぎないように注意して焼いたけどやはり硬かった。冷凍だったのでもともと身が硬かったのかも。

苺のことを考えていた。雨で実がボロボロだし、土がついて汚くなってる。来年はもっときれいに育てたい。

苺を支えるドーナツ形の台を見つけたのでさっそく10個入りを注文した。

## 6月24日（月）

今日も豪雨。

降ったりやんだりを繰り返してる。

小雨になったのでゴミ捨てに行って、ついでに畑を見る。

棒に縛りつけていないトマト苗があったので紐で縛っていたら雨が強くなってきた。すごい雨。しょうがないのでやり終えるまで濡れながらやる。

苺は雨に濡れてますますひどい状態。

雨除けカバーも欲しいなあ。

家に帰って、苺のカバーを探したら3000円でちょうどいいのがあった。来年買おうと思ったけど、そうだ、今からでも使えるかもと思い、すぐに注文する。


雨の音を聞きながら家の中であれこれ。

台所の窓の外でカチャッという音がした。

うん？　雨で何かが落ちたのかな？

見ると、何か先が曲がった鉄の棒みたいなのがふたつ見えた。なんだろう。不思議。まったく思い当たらなくて外に出てみる。2階の屋根周りとか窓の一部か、換気扇のなにかが落ちたのだろうか…。また修理代が！

行ってみると、人がいた。ガスボンベの取り換えに来たガス屋さんだった。

ああ、びっくり。ふたつの棒というのはガスボンベを運ぶ台の取っ手だった。

「どうも～」と挨拶（あいさつ）。「すごい雨ですね～」


ハンモック椅子にゆられながら庭を眺める。

緑の木々。

葉っぱが雨でいきいきしている。

私はここに幸福な天国、幸せな楽園を築きたい。

それは死ぬまで続くやりがいのある人生の挑戦。

この小さな天国に住む。

それは死ぬまで幸福に生きる実験。

自分なりのシンプルな楽園で、死ぬまで幸せに、快適に、楽しく暮らすという実験。


ここに書き記しとこう。

「身のまわりに小さな楽園を作り、死ぬまで独自の幸福感の中にいるという実験をする。それはやりがいのある挑戦。そして人生のピークを死ぬ瞬間に設定する」

人生のピークというのは、人生の満足度のピークのことです。

小さな楽園を作る。いいね…。


プロバイダーのお兄さんから電話がきた！　あの最初の人。

「細かく計算したところ、長く使うとしたらあまり変わらないことが分かったので今のままでいきます」と丁寧に伝えたら、「そうなんですね」と丁寧な返事。よかった。

「お手数かけました。ありがとうございました」と私ももっと丁寧に。


詐欺関連の動画が目に入ったら、たまにじっくりと見る。興味深く。そして気を引き締める。

今日のはたまたま目にした不動産投資詐欺。詐欺というほどじゃないかも。それでいい人もいるけど多くは損するという。

私は不動産にはまったく興味がなく、不動産を持ったら面倒が増えそうで考えるだけでも恐怖。なので心配していないけど、人の失敗談を聞いてひや〜っと思った。

人によって興味はさまざま。どんなことでもそれが存在しているということはそれを好きな人がいるってこと。

世の中にはいろいろなことがあって、いろいろな出来事が起こる。

でも近づかなければほぼ関係ないってことが救いだ。


温泉へ。

今日は人がいっそう少なかった。

サウナには笑いさんのみ。

「改めて聞くけど、日々の生活の中で何が好き？」と聞いてみた。

「うーん。花を植える…とか」

笑いさんはふだん家にいて特にしなければいけないことはないのだそう。

## 6月25日（火）

いわしの梅煮について。

青魚の煮つけが苦手。でもいわしの栄養が体にとてもいいと聞いて、いわしの梅煮に挑戦してみようかな、どんなふうにうまくできないかを確認したい、などとここ最近考えていた。

で、スーパーに行ったら頭と内臓を処理したいわしが3匹、売っていた。青々としていてきれい。これで梅煮を作ってみよう。

作り方を見ながら作ってみた。うーん。小骨が多くて食べにくいし、やっぱりあまり好きじゃない。おいしく作るのは私には難しい。いわしの煮つけは買ってくるか外で食べよう。


雨をぬって枝豆とインゲン豆を採ってくる。

温泉へ。今日も人が少なかった。

大きな温泉にひとり。じっくりと浸かる。それから水風呂（みずぶろ）へ。

これを3回ぐらい繰り返すと、ボーッとなって変性意識状態みたいになる。今日一日考えていたことが消えて、思考がいったんリセットされる。
ここまでくるといつまでも繰り返せる。
水風呂瞑想(めいそう)だ。

## 6月26日（水）

今日も雨。
庭に出ると空気がじっとり。傘をさしてひとめぐり。
あ、白い花が咲いてる。モナルダだ。
花が咲いてるのを発見するとうれしい。
今日もいちじくの実の数を数える。小さいのも入れて35個ぐらいあった。
楽しみ～。

いちごのカバーが届いた。雨が止んだら取り付けてみようか。でももう収穫時期が終わりそうだから来年にしようかな。来年はきっちりすみずみまで気を配ってきれいないちごを栽培したい。ランナーが出たら子株や孫株を育てよう。

## 6月27日（木）

朝から豪雨。雷注意報も出ている。じっとしとこう。

昼間でも家の中が薄暗い。

お昼はトーストでも焼こうか。ハニーバタートーストと海苔（のり）チーズトーストにしよう。


嫌なことを嫌だと言わずに我慢していると、嫌だと思っているということが相手に伝わらず、かえって喜んでいると誤解される恐れすらあるということに気づいてハッとした。思い当たることがあるので、次からはあえてたまに拒絶しようと思った。

気を遣ってなんとなく我慢して受け入れ続けるのは危険だ。本心を態度に表すことを時々していないとあとで困ったことになる。

距離（関係）が遠い場合は我慢してやり過ごす方が簡単なことが多いけど、距離が近い場合は。

温泉では今日も水風呂瞑想。気持ちリセット。

**6月28日（金）**

明け方のイメージが来た。

私は今、環境を再構築しているところ。より精密に厳粛に、より楽しんで。

物理的にはこの3年でだんだんにやってきた。精神的にはこれからの1〜2年ではっきりとしてくるだろう。がんばろう。


雨が強くなったので今日は温泉に行くのはやめた。

**6月29日（土）**

雨なので今日も家の中。

チョコのお菓子を作るか。

製菓用のチョコを温めて溶かし、ココナッツとアーモンドと乾燥いちごを載せる。

お昼はバゲットで作るハンバーガーをゆっくり作る。ゆっくり作るとおいしくできる。

畑の枝豆。だんだんカメムシに吸われ始めたので全部収穫して茹(ゆ)でて冷凍に。

夕方、温泉へ。今日は人が多かった。水風呂瞑想でいい感じ。

この温泉はとても古くてボロボロで脱衣所もあまり掃除が行き届いていないけど浴場が広くて好き。いろいろとクセが強く、慣れるのにコツがいるこの温泉。

家に帰って庭をひとまわり。

家の中に入ったら豪雨。雨の強さが気持ちいい。

**6月30日（日）**

今日も雨。強い雨と弱い雨、ときたま青空、たまに陽ざしという変化の激しさ。

今日も家でじっとしている。

動画で見たカツオの佃煮(つくだに)を作っておにぎりを作った。うーん。あまり好きじゃない。

午後は読書。ハインラインの「月を売った男」。

温泉へ。水風呂瞑想。

夜はハヤシライス。これもゆっくり作ったのでおいしくできた。

7月

**7月1日（月）**

今日から7月だ。

夜中にすごい雨の音で目が覚める。

おっと、忘れてた。棋聖戦第3局。9時ギリギリに思い出して見始める。

先月からなんとなく落ち着かない。胸騒ぎのような落ち着かなさだ。

竜巻の被害にあった人の動画を見たせいか、昨日から見ている予言動画のせいか、もうちょっと水を備蓄しとこうか、発電機ってどういう仕組みなんだろう、買っといたほうがいいのかな…など考える。

家の外はどこもかしこも水っぽい。

庭には地面にワカメみたいなのがたくさん生えてる。踏むとぬるっ。

**7月2日（火）**

蒸し暑いけど雨が降らないようなので午後から畑へ。

草刈り機で気になってるところをサッと刈る。コキアのまわりは鎌でコツコツ草を刈って敷く。

2時間半ほどやった。

ふう。これからしばらくは畑の作業だ。

夜はカレー。

**7月3日（水）**

早朝、畑に出て草刈りの続き。そしたら雨が降ってきた。

あ〜あ。しばらく濡れながらやって、シャワーに直行。

今日はもういいか。

しばらくしたら晴れてきた。


蒸し暑い。

やることがないから読書でもするかなあ…。

ナメクジやカタツムリの殺虫剤を買ってこようかなあ。ナメクジが大の苦手なので。

買ってきました。欲しかった商品「スラゴ」はなかったので同じリン酸第二鉄を使ったもの。

新札が出る日なのでATMで現金を引き出してみたらくたくたの旧札だった。いつも以上にボロボロに見えた。

夕方も少し草整理。

温泉の水風呂（みずぶろ）瞑想（めいそう）で落ち着く。最近はここで1日をリセットしている感じ。

毎日が瞑想状態のような気分。

**7月4日（木）**

今日も蒸し暑く、やる気が出ない。

まあ、しばらくはこれでいいか。ミステリー本でも読むかな。

なんか…、これからは人生の答え合わせ、伏線回収の時だと思っているせいか、過去の出来事をやけにいろいろ思い出す。

思い出したからといって特にどうというわけじゃないけど。

思い出すということはまだその時の気持ちが生きているということか。

周囲との接触を極力なくして自分の感覚をのびのびと育てている今。

この期間を経ると自分の殻（世界）がグッと強化されるような気がする。今までできなかったタイプの時間の過ごし方なので、どうなるかとても楽しみ。

7日の都知事選の結果が楽しみだなあ。誰が何票とるか。


映画「ファミリー・アフェア」。ニコール・キッドマンとザック・エフロンのラブコメ。ザック・エフロンはキラキラ輝く青い瞳とそれを縁取るパッと開いたモウセンゴケのようなまつ毛が印象的な青年だったけど、この映画ではその輝きはなく中年のおじさん風だった。

内容は、まあ普通。ただ、ラスト1分ほどの掛け合いがすごく好きだったので戻して3回も見直した。

## 7月5日（金）

今日も暑くなりそうなので早朝パッと畑に行ってサッと作業する。

この暑さなのでこれからはもう昼間はずっと家にいることになりそう。

洗濯をして、干す。

ときどき曇ったりしてる。急に雨が降ったら嫌だな。

台所でこまごまとした作業。豚肉の脂身を取ったり。セールで買った豚バラ肉の薄切りの脂身が多すぎて、食べたら気持ち悪くなったので細かくコツコツ外す。


それから読書。


銀梅花の木が玄関の前にある。高さが…1・5メートルぐらい。

大きくなったのでちょこちょこ剪定していたら、この春の開花時期、たった10個ぐらいしか花が咲かなかった。

ああ。悲しい。白い花がとてもきれいなのに。

なので、よし来年はいっぱい花を咲かせよう！　と決意する。そのためには花が咲き終わったらすぐに剪定しなければ。花芽がつく前に。で、思い切って大きさを3分の2ほどに切り詰めた。これだったらこれからどんなに枝を伸ばしてもOK。来年が楽しみ。

ブルーベリー。

伸び放題だったブルーベリーを数年前から強剪定しながら仕立て直している。枝を更新中なので今年はまだ実がつかない。1本をのぞいて。その1本はブルーベリーを育てている農家の方からいただいたものでとてもよく実がついて、しかも粒が大きい。その木だけは剪定も少ししかしてないので今年、とてもたくさん実がついてる。ただ、鳥が食べに来る。ほかの人たちに聞くとけっこう鳥に食べられたとのこと。なので考えました。

黒いテグスを木の周囲にグルグルと巻き付けた。パッと見、私にも見えない。その効果があってか、今のところ食べられていない。実は点々と熟しつつある。まだあまり甘くないのでもう少し待って食べよう。

**7月6日（土）**

今日から王位戦。相手は渡辺(わたなべ)九段。

始まる前に畑で草整理。さつま芋の茎がだいぶ伸びてきた。25センチぐらい。もう採って植えてもいいかなあ…。植えよう。

12本採れたので空いてる畝に植え付けた。よしよし。

庭をぐるりとひとまわり。気になるところはないかチェックしながら。

ワカメは乾いてパリパリに。


将棋を聞きながら、お昼は玄米を炊いて冷や汁を作る。

**7月7日（日）**

朝8時ごろ、畑に出て作業。

苺(いちご)の畝を整理。取り忘れた苺があった。小さくしなびている。食べてみたらすごく甘かった。古い葉を取り除く。あとはランナーが出て子株や孫株が育つのを待とう。

一生懸命に取り組んでいたら、しげちゃんとセッセが散歩に来たので挨拶(あいさつ)する。

ポポーの枯れた木の根元から出ていた芽が枯れていた…。なんだ。結局ダメか。

急いで家に戻ったら9時過ぎてて将棋が始まってた。

あわてて見始める。

たらたら見ていたら、千日手になった。

午後4時14分から千日手指し直し局が始まった。

窓から庭を見たら、イヌマキから虫がぶら下がってる。

あっ！　今、大発生しているやつだ。

マスクを2枚重ねてつけて殺虫剤を手に取り、かけにいく。

シュー。高くて届かなかった。

すごすごと引き返す。


将棋を見ながらなにか食べようと思い、じゃがいもを手に取る。

ポテトチップス…、油を使うので面倒だな。細切りにしてハッシュドポテトを作ることにした。

じっくりと焼きつけて、おいしくできた。

庭の木で気になってるところを忘れないように手帳に書きつける。

チェーンソーを使うところが多いのでやる気のある時にやろう。

・ヒイラギモクセイ、手前バッサリ
・ベニバナトキワマンサク、上に長く伸びてるところをバッサリ
・シマトネリコ、長いひと枝をバッサリ
・西洋ニンジンボク、下の方のもじゃもじゃしたところをスッキリ
・サルスベリ（白）、伸びてる枝2本、切る

都知事選関連の動画を見ながら同時に将棋を見る。

渡辺九段が勝ち確99パーセント、藤井王位が1パーセントが続き、もう今にも投了か、今日は負けだなあと思っていたら、なんと評価値が逆転、逆転のすごい対局になった。あわてて動画を消して将棋に集中する。

双方とも1分将棋で、ものすごい緊張感。すごく疲れてそうなのに必死で戦っている。そして、藤井王位の勝利。

ふ〜っ。私も疲れた。どちらもすごかった。

興奮醒(さ)めやらず、感想戦も全部見る。

## 7月8日（月）

家の中にいるとちょっと庭に出たくなる。

でも外に出るとすごい暑さ。そして蚊。

やっぱり家に逃げ帰る。

夏は家にいよう。

窓から眺めて今後の庭の計画をゆっくり立てよう。

暑すぎてなにもやる気になれない。

お昼にサッパリとしたトマト入りソーメン（つゆにトマトの角切りを入れた）を食べて、ＳＦ「星を継ぐもの」を読んでいたら眠くなったので昼寝する。

起きたら4時。そして気分は爽やか。ものすご〜くスッキリ。

寝不足だったのかも。


ヤマモモの下に植えたカサブランカが咲きそう。

咲いたら採ってきて家に飾ろう。年ごとに株が大きくなって花が増えていってる。

床をモップで拭いたら歩くたびにさらさら。

いやあ、気持ちいい。たびたびやろう。歩くたびに、さらさら〜さらさら〜。


温泉へ。

今日は昼寝したせいかとても気分がいい。

これだよ。この気分。

途中の河原に刈った草が丸くポンポンと置かれていた。かわいい。思わず車をとめて写真を撮る。

サウナで笑いさんとふたりになった。今までさつま芋の芽が出ない話をずっと聞いてもらっていて、芽が出たことも報告していた。

「やっと苗が伸びたからついに植えたの。12本ぐらい」

よかったねと。

「私はこの3年いろいろな野菜を育てたけど、いちばんすごいと思ったのがさつま芋。茎を切って植えただけでたくさんできるから。すごいよね」と話す。

茎を切って土に挿しただけで5つぐらい（以上も）できるなんてね。

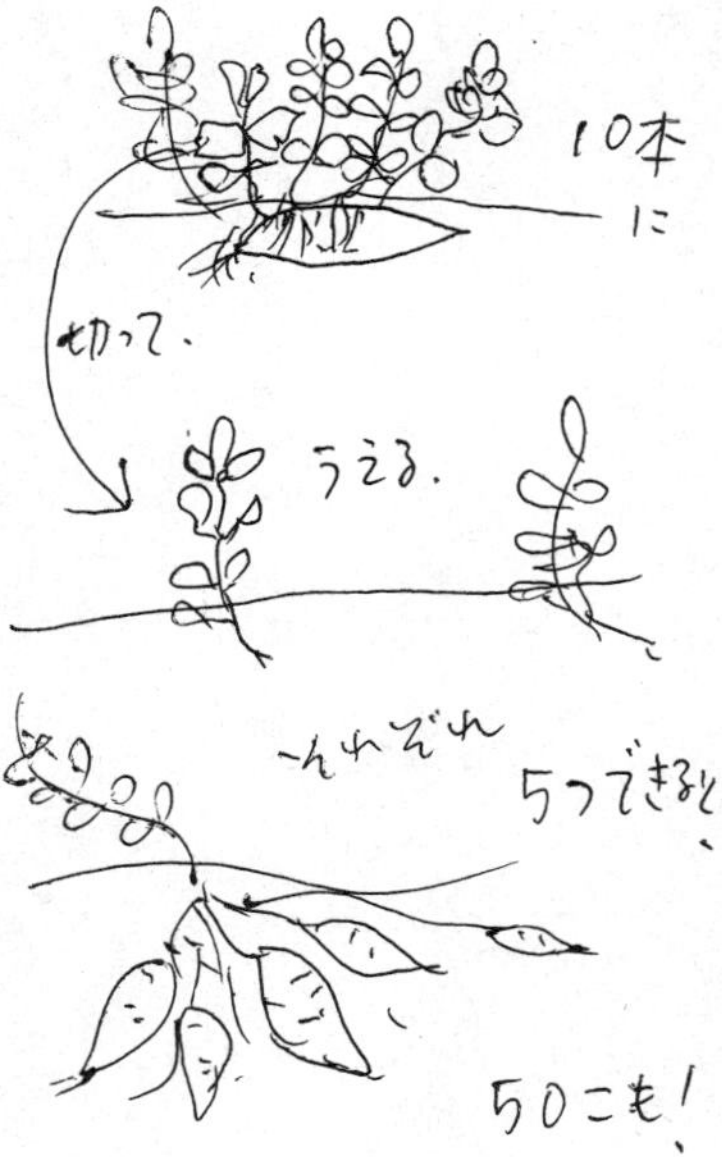

**7月9日（火）**

朝、雨がサッと降ったあと晴天。

今日も家にいよう。

カサブランカが咲き始めたので採ってきて飾る。

朝食にオムレツを作ろう。小さな鉄のフライパンに油をたらして火をつける。あたたまるあいだ窓際に並べていた切り子のコップを洗おうかな。これとあれ。こっちのガラスのお皿も気になる。飾っていたかわいいシャンパンのワイヤー栓はもう捨てよう。

あれこれ洗っていたら、変なにおい。

あ!

忘れてた。フライパンから煙がもくもく。

あわててミトンをはめてシンクわきのハンドタオルの上に移動する。

いけない。集中していた。

しばらくしてフライパンを持ち上げたらハンドタオルが丸く焦げていた。相当熱くなってたんだ…。

わざわざ○○に行く。わざわざ○○に会いに行く。

この「わざわざ」をなくそう。

日常の中で自然に出会うものとだけ、接することにしよう。

人間も自然の中の生き物。大きな流れの中を全体で流れていく。


今日も昼寝してスッキリ、夕方5時、温泉へ。

まだまだ明るい。そして暑い。

人も少なく、のんびり入る。

クマコに帰りの挨拶。水玉さんと一緒に外に出る。

ああ。夕方って気持ちいいね〜。

**7月10日（水）**

雨が降ったりやんだり。

人生の方向を大きく組みなおしている今だから、2〜3年はやる気なくぼんやりとなるのも当然だろう。3年ほど意識的にぼーっとしていてもいいかも。

いや、そうしよう。これから3年ほど、何も考えなくていいことにする。

何もしなくても自分をダメだと思わない。

…2024年、2025年、2026年。

2027年くらいからまたパッチリと目を覚まして起きだそう。

3年はひなたぼっこ的に。

**7月11日（木）**

今日も雨と曇りと晴れ。変化がめまぐるしい。

温泉へ。

じゃがいも「ながさき黄金」を箱で注文したので、「ポテトサラダにしたらいいよ～」と水玉さんに2個あげたら、庭で採れたというピーマンとトマトとブルーベリーを持ってきてくれた。こぶりの袋にいっぱい。

あら！ 2個じゃなくてもっとあげればよかった…。たったの2個って。せめて3個か4個にすればよかった。ちょっと恥ずかしい気持ち。

「フォードvsフェラーリ」を見る。車好きだったらきっともっとおもしろく感じるだろうなと思いながら。

**7月12日（金）**

夜中、すごい雨で何度か目が覚めた。ドドーッ。

朝、庭をひとまわり。

外の水道のところで養生していたトラフアナナス。黒龍の鉢にちょこんと寄せ植え。少しずつ大きくなっているなあ。

雨で水浸しになってる。これって室内で売ってたけど、ここに置いてていいのだろうか。見た感じ、熱帯植物みたいだし、乾燥気味に育てなきゃいけないのかも……。

気になって育て方を調べたら、直射日光に当てない、加湿しすぎない、冬は8度以上、水苔で育てる、と書いてあるじゃないか。

あわてて黒龍の鉢から水苔を敷いた小鉢に移植して、直射日光の当たらない明るい場所に置く。

昼間、買い物に行ってバニラアイスとももを買った。それに昨日もらったブルーベリーも添えて昼寝のあとのおやつに食べる。

今日も昼寝した。夢も見た。

昼寝っていい。どうも今まで長い間、睡眠時間が足りてなかった気がする。早起きしすぎて。

日常は自分になじむように。

自分らしい、等身大の環境。
無理しない、自然な動きと感情で構成された身のまわり。
それが大事で、それがいいと、改めて思った。
自分を興奮させて盛り立てて行動する日々ではなく、
自分十分でリラックスした日々。
そういうふうにだんだんにしていきたい。より強く。
そうすると気分が安定して、周囲がほとんど気にならなくなる。
人の言うことも人と違っても気にならなくなる。

いつものように温泉に入って、出て、脱衣所にいたら、鏡の前に髪の毛がいっぱい落ちていたようでハタちゃんがキャーと言ってる。クイックルワイパーの替えもない。水玉さんが「クマー、クマちゃーん」と大声で呼んだら、クマコが来て替えのシートを持ってきて床を掃除してくれた。

**7月13日（土）**

今日も雨。ときどき土砂降り。
たまに庭に出ると蚊に刺されて退散。

ももがあまり甘くなかったので切ってはちみつをかけておいた。それとブルーベリーでアイスクリームのおやつ。


夕方、温泉へ行く準備。

バスタオルと小さなタオルを風呂の脱衣所に乾かしていたので取りに行く。

廊下に出たら、なにかゴムみたいなものを右足で踏んだ。

うん？　と思って振り返ってみると、黒っぽい芋虫みたいなのがうごめいている。

きゃ〜！

一番嫌いなもの、それは芋虫。

なんだろう。このままにしておけないので、ポリ袋とティッシュ2枚を重ねて、よく見ないようにしてそっとつかみ取り、ゴミ箱に入れた。

ふう。

ドキドキしながら温泉へ。

サウナに入ったらハタちゃんと水玉さんがいたのでその話をする。

ポリ袋をしばらかなかったので出てきたらどうしよう…。

「出てくるかもよ」とハタちゃん。

こわい。

ここしばらくは温泉だけが楽しみ。

熱いお湯は気持ちよく、水風呂はさらに気持ちいい。

霧島のマグマによって熱せられたこの温泉。いつまた噴火するかわからない。緊張感のある至福。

出る時にふと見ると、水玉さんが岩のあいだの充電ポートに頭をカチッとはめ込んで目をつぶって充電していた。

ふふふ。

今日も、

「充電ポート」

カチッ

**7月14日（日）**

家に帰り、こわかったのでずーっと床を見て歩く。

床掃除をしてからさらさらして気持ちいいと思っていたけどそれどころじゃない。

今日も雨。

もう慣れた。

昨日の芋虫みたいなの、あのゴムみたいな感触、やっぱりヤモリかも、と思った。

ふれあい市場に買い物へ。ルビー色と白のトウモロコシがあったので買ってみた。ルビー色のは初めて。

家に戻ってしばらくしたらトランプさん銃撃のニュース。おお。

しばらく集中して見る。


さっきのルビー色のトウモロコシを食べてみよう。

レンジで4〜5分。味は…うーん、あんまり甘くない。このあいだの黄色いコーンの方がおいしかったなあ。


午後、すごい雨。

家の中も外も暗い。

さっきの赤いトウモロコシの残りでチャーハンを作った。

雨が小降りになったので庭を歩いていたらイヌマキの木がやけに茶色い。

葉っぱが食べられて茶色くなってるんだ。あの害虫だ。

よく見ると、枝からたくさんの糸が下がっていてその先に幼虫がついている。

わあ。本当に大繁殖している。

これは…。どうしよう。消毒してもらうか、いっそのこと切ってもらおうか。

いろいろ調べたら、もともと亜熱帯原産の蝶（ちょう）で寒さに弱いが近年の温暖化のせいで越冬する個体が増えたのだそう。

うーん。やっぱり木を切ってもらおう。バッサリと。木自体が相当大きくなってきたし、これからもこの蝶の被害にあいそうだから。

造園屋さんに相談しようと電話したら今日は日曜日だった。

幼虫が葉を食害するので樹木が枯れることもあるんだって。だったら枯らしてもらいたいわ…。

今の目標。

ただようような気分で一日をすごす。

夕方。

またすごい雨。

今日は温泉はやめようかな…と思っていたら雨がやんできた。

行こう。

サウナに入ったら水玉さん、ハタちゃん、ふくちゃんがいた。

さっきのイヌマキのおびただしい害虫の話をしたら、ハタちゃんの家のイヌマキにもその虫がついて、今は半分ぐらい枯れているそう。水玉さんの家のイヌマキは去年、あっというまに茶色くなって枯れたそう。

そうか…。うちのイヌマキも枯れるかも。しばらく様子をみていよう。枯れなかったとしてもこの冬にはバッサリ切ってもらおう。

そう思えたのでよかった。

**7月15日（月）**

昨日のトランプさん襲撃事件のことを多くの人が動画で話しているのでいろいろ見る。それにしてもあの写真がすごい。真っ青な空に星条旗、血にまみれた顔でこぶしを高くつき上げるトランプさん。ううむ。

さて、今日も雨。どしゃぶり。

イヌマキの近くに歩いていくと、たくさんの糸がすだれのようにぶら下がっていて、家の外壁にも地面にもあの虫がいたので走って逃げる。

いやだ〜。しばらく近づくのはやめよう。


ここ数日、ずっと雨で家の中にいる。

なぜか5月ごろから落ち着かない。軽い胸騒ぎがするけど理由がわからない。なにか今後、大きなことが起こるのかな…。まあ、わからないのでこのままいるしかない。そのうちわかるだろう。それにしても世の中の動きが激しい。


温泉へ。

今日は休日のせいか人が多かった。

サウナに笑いさんがいたので今日もまたイヌマキの害虫の話をする。去年、その被害にあってるイヌマキを見たそうで、虫がいっぱいぶら下がっていて、その木はあっというまに茶色く枯れたと言っていた。やっぱり。


夜、ゴーヤチャンプルーを作ったらおいしかった。いつも夏には1〜2回、ゴーヤを食べる。これぐらいの頻度だと丁寧に作ってありがたく食べるのでおいしく感じる。

食材は大量にあると扱いが雑になる。最後は無理して食べたり。少量を大事に食べるのがいいと思う。自分で作るにしても買うにしても、そうできるように量は少なめに。それを意識して最近は買い物に行く。安いからといって大量買いはさけたい。量って、大事。

**7月16日（火）**

毎日、イヌマキの虫を観察している。

今日も何百という糸が垂れていてその先に虫が。しゃくとり虫で、地面につくと体を曲げ伸ばしして進んで行く。家の北側をおそるおそる見ると、犬走りにも壁にもたくさんいた。

洗濯もの干し場にも進んできたので、キャア〜と殺虫剤とほうきを取ってくる。ぶるぶる。

家の中を歩くのもなんだか気持ち悪い。


買い物。ふれあい市場へ。またゴーヤを買った。

ソーメンチャンプルーを作りたくて挑戦したら、ソーメンがかたまりになってあまりおいしくできなかった。残念。油が多めのソーメンチャンプルーっておいしいんだ

イヌマキに虫が大発生!

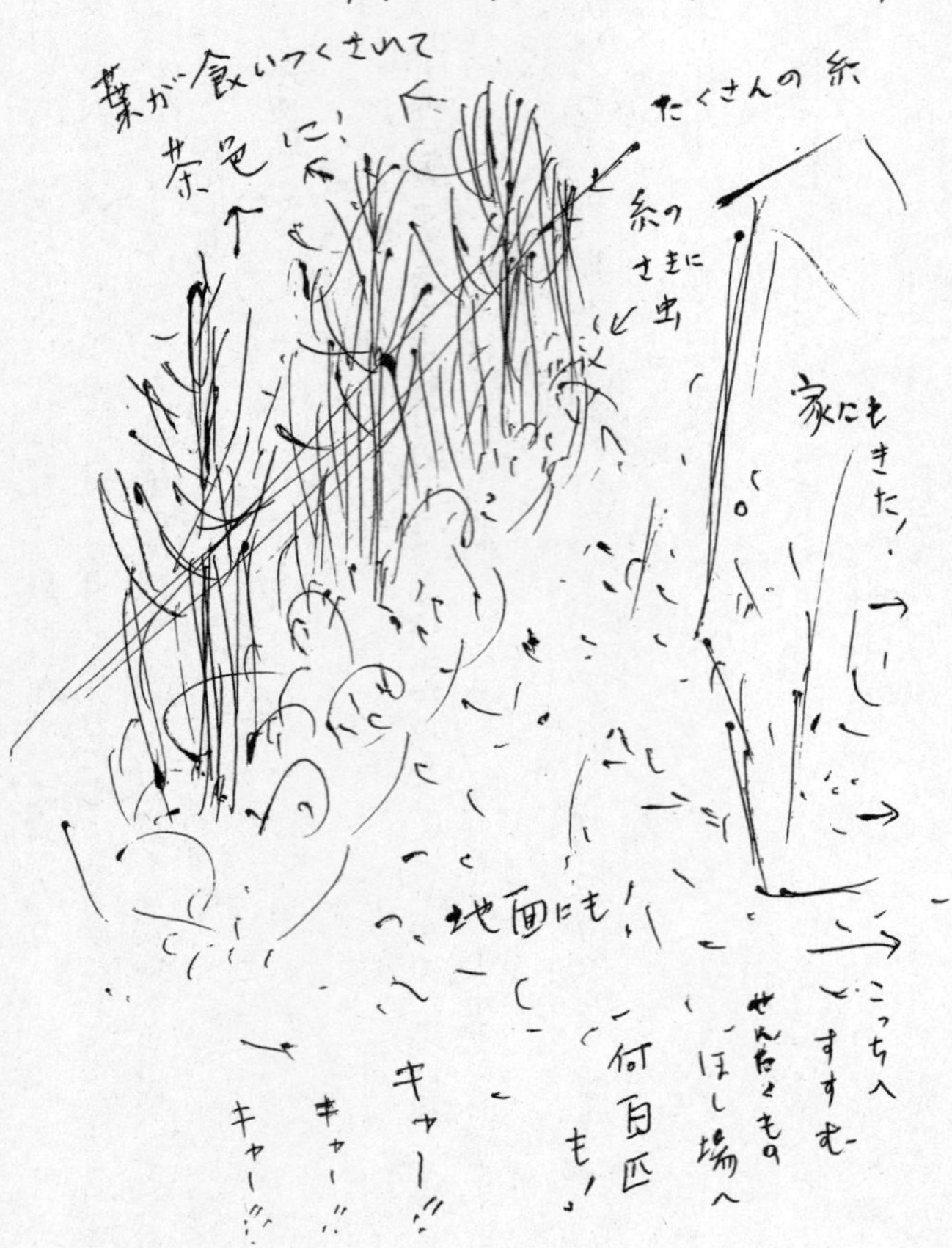
葉が食いつくされて
茶色に!
たくさんの糸
糸のさきに虫
家にもきた!
地面にも!
こっちへすすむ
せんたくものほし場へ
何百匹も!
キャー!!
キャー!!
キャー!!

けどなあ。

暑くてなにもやる気が出ない。

こんな日は水風呂瞑想をじっくりやろうと早めに温泉へ。

夕食はグリルしたネギと、ゴーヤとチキンのサラダ、かぼちゃの煮つけ。この中でうちの畑で採れたものはサラダに入れた小さなトマト1個だけ。

今年は畑の畝を改造したこともあって収穫はあきらめてる。

## 7月17日（水）

鹿先生と呼ばれている北海道のお医者さんがいて、コロナが流行り始めた頃から時々動画を見ていて、いろいろ助けられた。

今朝、たまたまYouTubeの動画を目にした。渓流釣りでイワナを釣って、その場でご飯を炊いて、イワナの塩焼き、お刺身を渓流に足を浸しながら食べていらした。

「ああ、うまい」と。

本当においしそうだった。

「もう勉強は終わったんで、体力的なこともありますので、短時間で、本当においしいものを食べつくしてこの人生を終わりたい。同じことを繰り返していきたい。健康で長生き。脳機能を保つ…。どうしたらいいのかな。最近、お酒を減らしてるんですよ。みなさんも心穏やかに。大丈夫ですよ。そのうちひっくり返りますよ」など、いろいろおっしゃっていて、ハッとした。

今の私の状況もちょっと似ている。

トランプさんの暗殺未遂、この鹿先生の言葉。

世界の変化とゴタゴタ感と緊張感、自分の人生。

お酒をやめよう（控えよう）。最近、なんとなく惰性で飲んでいた。

私も自分で思うおいしいものを少量、大事に作って、おいしく食べて、豊かな瞑想をするように人生を生きたい。体を軽くしよう。

洗濯して、洗濯もの干場の虫掃除をして、洗濯物を干して、毎月何本も取っていたシャンパン頒布会に解約のメールを出した。

今日はこれから王位戦第2局が始まる。函館（はこだて）だ。楽しみ。

お昼はソーメンチャンプルー、リベンジ。作り方も確認した。ソーメンを硬めに茹（ゆ）

でて油をからめるといいそう。慎重に作ったらおいしくできた。

ライフスタイルを大きく変えたい時、なにか決意を支えるものがあるとやりやすい。それは自分にとって強い力を持つものでなければいけない。鹿先生の渓流での様子と言葉はそれになりえると思った。これでできる！　と思った。

なのでお守りとしてその動画をオフラインに保存した。

今日も何回も窓越しにしゃくとり虫の様子を見に行く。ついつい見入ってしまう。イヌマキの葉っぱはほとんど食い尽くされた。そろそろピークを越えただろうか。すだれのような糸がいっぱい垂れている。家の壁にもいっぱいいる。

リュック・ベッソン監督だったので「DOGMAN ドッグマン」を見た。

最初、ああ、なんか苦しいかも…と思いながらも妙に引き込まれて。よかった。切ない気持ちになる。ラストの歌もよかった。主演のケイレブ・ランドリー・ジョーンズがいいなあと思った。他に何に出てるんだろう。そういえば出だしだけ見てそのままになっていた「ニトラム」っていう映画、この人だと思い、続きを見始めた。

おお。これはまた悲しく苦しい気持ちになりそう…。

途中まで見て寝る。続きはいつか。

7月18日(木)

朝起きて、さっそく虫観察。

うーん。イヌマキの木に緑色の葉っぱはもうない。これ以上虫は増えないかも。

洗濯もの干場まで来ている虫に殺虫剤をかける。


鹿先生のことをまだ考え続けている。

あの渓流釣りのイワナの塩焼き、お刺身と炊き立てのごはん。イワナはとろ火で30分かけて焼いたのだそう。

それは究極のおいしいごはんのひとつだ。

私もそれに近い究極のおいしいごはんを知っている。自分で育てた不格好で小さいけどぎゅっと生命力がつまった野菜を、丁寧に調理して、大事に食べたこと。

育てるとき、収穫するとき、調理するとき、食べるとき、どの過程にもその奥にひとつの流れがあって、自分の命と食事することが同じ循環の中にあるような調和、違和感のなさ。

私もこういうおいしいものを作って食べてこれからをすごしていきたい。

そういうふうに思い始めていたので、鹿先生の「同じことを繰り返していきたい」がとてもよく理解できた。私もホントに同じように、「同じことを繰り返していきたい」と思っていたから。他に欲しいものは何もない。

仕事、遊び、育てること、寝ること、笑うこと、怒ること、手入れすること、間違うこと、あらゆることはすべて同じなんだと思う。

同じこと。

同じことが違う見え方で見えているだけ。違う表れ方をしているだけ。

王位戦、二日目を見ながらたらたらと過ごす。

夕方になって、まだ終わらなそうだったので温泉へ。

あがる前に温泉に浸かろうとしたら、何か黒いものがぷかぷか浮かんでいた。3・5センチぐらいの。なんだろう。

カランのところにいた水玉さんに「何か浮いてる」と教える。

「蛇じゃないよね？」

「違う。これくらいの」と、指で大きさを示す。

一緒に戻って見てもらう。水玉さんがそれを洗面器に入れて、よく見ると…セミだった。

家に帰ったらもう終わってた。渡辺九段が勝っていて感想戦をしていた。

**7月19日（金）**

朝、7時に畑に出て草刈りをしていたら雨が降ってきた。

あーあ。1時間ぐらいやったかな。家に戻ったらすぐにやんだ。

洗濯機を回して、洗濯もの干場を見たら、しゃくとり虫が200匹ぐらいいた。

うう。しばらくここに干すのはやめよう。

おそるおそる物干しハンガーをつかんで遠くに移動させる。

虫は…、ホースの水流で流そうとしたらすごい強さでなかなか流れない。どうにか半分ぐらいスペースを空けて、あとはほうきで草むらに掃きだす。またこっちにやってくるだろうけど。

木にぶらさがってる方のピークは越えたみたいで、すでに葉っぱもないし、徐々にいなくなるだろう。

お昼ごろ、トランプさんの候補指名受諾演説を聞く。けっこう長かったけどおもしろかった。これからどうなっていくだろうか。

お昼は小さなまぜご飯。干物の魚の身をほぐしたもの、しそ、オカカ、チーズ、ごま。

夜、さっそく副大統領候補J・D・ヴァンスの自伝映画「ヒルビリー・エレジー」を見る。これまた悲しい気持ちになりそうな…。家族に問題があるのってやりきれない。

でも最後は明るく終わったのでよかった。エンドロールに本人たちの映像と写真が出てきて、おばあちゃん役がそっくりだった。

**7月20日（土）**

畑で草刈り機を使って草刈り。コキアのまわりは手で刈る。

コキア、全然大きくなってない。20センチあるかどうか。このまま小さいままかもなあ。ちまたでは大きく育っているのを見かけるのに。

トマトは青枯れ病なのかどんどん枯れていく。

今採れる野菜はなにもない。あ、岡ひじきがある。

温泉から出ると、前の堤防を人がたくさん歩いている。

そうだ。今日は花火大会だ。

会場の様子を見ようと私も河川敷にちょっと行ってみた。最近整備された河原に人がたくさんいた。子どもや若い人が多くて、みんな楽しそう。何か食べたり。焼き肉してたり。舞台から声が聞こえる。踊る人を集めている。

6時半なのに陽ざしがすごい。


夜8時半。そろそろ花火があがるので私も折りたたみチェアを持って堤防に。

左右に人がいないところに椅子を置いて花火を待つ。

明日（あした）が満月なので空がうす明るい。雲ひとつない空には夏の星座。北斗七星。夏の大三角形はどれかな…。

パチパチドーンと始まった。

すっきりと澄んだ夜空に鮮やか！

大玉があがった時の音がすごい。ビーンと巨大な太鼓を打ったように鳴り響く。

天の太鼓だ。

## 7月21日（日）

暑い。

朝、しげちゃんとセッセが散歩しに来た。

ちょうど朝ごはんを作って熱々で食べようとしていたところだったので、「今から朝ごはんを食べるから自由に歩いていいよ。虫が大発生したからそこだけ気をつけて」と伝えてご飯を食べた。

散歩が終わって「帰るね」と言いに来たので、門まで送る。

「この西洋ニンジンボクの葉も急になくなって。これにも虫がいるみたい。黒いの」と言ったら、セッセの背中に2匹、その黒い虫がついていた。1匹は襟元に。

「きゃあ～、服を脱いで！」とシャツを脱がせる。

虫を落として、帰っていった。

しばらくして、「黒い虫がもう1匹ついていて軽いパニックになりました」とラインが。

すぐに殺虫剤をかける。最近使いすぎてもうなくなりかけてる。

暑さが危険なので、昼間はずっと家の中。

たま〜に庭をサッと見る。

アメリカリョウブの花が初めて咲いていた。これはずっと日陰にあってなかなか生長しなくて、思い切って移植したもの。よかった〜。

カサブランカの花を4本切って家にいけたら、あまりにも匂いが強くて苦しかった。ひとつの房に6〜7個の花が咲くので、20数個の花が咲くのを我慢して見届けた。今朝、ほぼ咲き終えたので、まだきれいなのを3個だけ残して小さな花瓶に移して洗面台に置いた。来年からは切らずに庭で楽しもう。

温泉に行ったら、外のテーブルのところでクマコとアケミちゃんとお客さんが話し込んでいたので手だけふって入る。

浴場に入ったら水玉さんがクマコに「私たちが辞めたらもうだれも働く人がいなくなってここはつぶれるよ」と言われたという。

うん？　どういうこと？

次に入ってきた笑いさんも同じことを言われたそう。

クマコたちが辞めて、この温泉が閉まるということだろうか。なくなったら悲しいなあ。

## 7月22日（月）

朝、7時ごろ。ゴミを出してそのまま畑に寄って、気になるところをちょこちょこ、草を抜いたりしていたら、すごい汗。滝のような汗。

あまりにも暑い。

シャワーをあびて、朝食。


しばらくして買い物へ。素朴な「ふれあい市場」。

スイカ、なす、キュウリ、地卵、サンチュの苗などを買う。

家のガレージの前で、しゃくとり虫を発見。灰色にオレンジ色。ドキッ！

見上げると唯一、虫に襲われなかったイヌマキがここにある。もしかするとここまで来たのか？

お昼はソーメン。なすを炒（いた）めて、シソの葉としょうがでさっぱり。

それにしても暑い。

温泉に行ったら、クマコもアケミちゃんもいなくてたまに見かけるおじちゃんが受

付にいた。やっぱり辞めたのかな…。
サウナで水玉さんと笑いさんとそのことについてひとしきり話す。ピンチヒッターで手伝う？　とかまで。
帰りがけ、受付に社長の奥さんがいた。知っている仲なので昨日のクマコの話をして、「ここがつぶれたら困る〜」と言ったら、「え？　知らないよ〜」とびっくりしていた。

なんだ、よかった。クマコたちのグチか冗談だったか。

**7月23日（火）**

朝、6時半になにか音楽が聞こえる。

なんだろう…と耳を澄ましたらラジオ体操。

そうか夏休みに入ったんだ。子どもの頃、早起きして行ったの、嫌だったなあという記憶がよみがえる。よかった。大人になって。

3本のイヌマキのしゃくとり虫たちは木から周囲に大きく広がったあと、死んで黒く乾燥していった。

ホッとして、洗濯もの干場の床に散らばるそれらをほうきで掃く。

しばらく物干しハンガーをバスケットゴールの網に引っ掛けていたけど、もうこっちに戻そう。

今日は歯の定期クリーニング。

まただ。すぐにやって来る。でもちゃんと行かないとね。

暑い中、車でブー。

最初、歯科助手さんから様子を聞かれる。「マウスピースはしてますか？」と聞かれて、「最近あまりしてません。夜中に口が開いていたようで、のどが乾燥してからだんだん…」と小声でもごもご言い訳をする。

それを伝えられた先生から、口が乾燥するのは水分が不足しているか、その他こういうことああいうこと…といろいろ注意された。

しまった！

ごちゃごちゃと曖昧（あいまい）な言い訳をしなければよかったと心の中で後悔。これからは余計なことは言わないようにしよう。重要なことだけ言おう。

終わって、スーパーへ買い物。

お店の前でうなぎを売っているのは土用の丑（うし）の日用か。お魚コーナーにも冷凍のうなぎがあった、白焼きもある。

うーん。私は買ってきたうなぎをどうやったらふわっとやわらかくおいしく食べられるかを研究中だ。白焼きを一度蒸してから焼いたらいいかも。

で、うなぎの白焼きの半身、ミョウガ、豚肉などを買う。

果物の棚のはしっこに宮崎マンゴー「太陽のタマゴ」があった。3センチぐらい黒く傷んでいるのがセール価格で980円だったので、これは絶対おいしいと思う、と判断し、かごに入れる。

家に帰ってさっそくマンゴーを冷蔵庫で少し冷やし、黒いところを切り落として、半分だけ食べたら、すご～くおいしかった。果物はこういうのに限る。

値札を剥がしてもともとの値段を見たら6400円だった。おお。

最近、熟れてないメロン、甘くないメロン、熟れすぎたスイカ、と立て続けに失敗していたのでうれしい。

温泉へ。

温泉、サウナ、水風呂でゆったり。

夜。うなぎを一度蒸してから、魚焼きグリルに入れてたれをつけて焼く。はけで2回、3回、4回。なかなか味濃く焼きつけられない。

ふわっとはなったけど薄味になってしまった。

うーん。次は蒸してからフライパンで煮詰めたたれを絡めながら焼く、というふうにしてみよう。

## 7月24日（水）

今日もたいへんいい天気。

ひさしぶりに完全武装して畑と庭の作業。

畑ではさつまいもの土寄せ。まだまだ小さい。

今、育っている途中なのはミニカボチャ、赤モーウィ、オクラ。ナスは虫に食われて実が硬くなっている。

庭に移動して、ガレージのところのイヌマキの枝をチェーンソーで下から2本切る。切った枝を細かくしていたら、なんと！　あのしゃくとり虫を発見。10匹ぐらいいた。うう…。

もしかするとこの最後のイヌマキもあんなふうに大繁殖するのかも。ううう。要観察。

サラダごぼうというのを買ったのでお昼はごぼうのスパゲティ。ちょっとごぼうが硬かった。

夕方、温泉へ。

今日も温泉、サウナ、水風呂でボーッ。

帰り、ボーッとしたまま駐車場から前の道に出る。右からの車ばかりを注意してて、大丈夫だと思いゆるゆると道に出たら、なんと目の前に軽トラがいた！

あやうくぶつかるところだった。双方、停まる。運転していたおじさんが怖い顔をしてこっちを見ている。私はびっくり顔ですみませんと頭を下げる。

びっくりした〜。いけない、いけない。あまりにもぼんやりしすぎた。

気をつけなければ。

気をつけよう。

ひとつのところに集中するとそれ以外がおろそかになる時がある。今後いっそう慎重に、と心に誓う。


最近見ていたネットフリックスのドラマ「偽りの銃弾」。5話まできて急に興味を失う。続きを見ようかどうしようか…。


ふるさと納税で申し込んだフライパン　ジュウが届き、最初の油慣らしをする。

これ、強火で激しく振る調理はできなくて、中火以下でじっくり焼いてって。そうなんだ。

## 7月25日（木）

夜10時に寝たら夜中の3時に目が覚めてしまい、そのまま目がパッチリ。しょうがない。

起きだしてお皿を洗ったり、明るくなったら庭をまわったり。

ゴミ出しして、8時ごろから二度寝する。


フライパン　ジュウを使ってみた。牛肉を焼く。

ふむふむ。フライパンがそのままお皿にもなるというところがいいところ。

今までフライパンをきれいに使うのが難しかったけどこれならできるかも。すぐに洗って乾かして。うまく使いこなしたい。


相変らず、世界情勢がめまぐるしく変化している。

周囲があたふたしている時に人の本質が見える。


午後、突然の雨と風。少し仕事をしてから温泉へ。

## 7月26日（金）

早朝、またイヌマキの枝を3本切り落とし、細かく切り分ける。今日は2匹いた。成虫の、黒にオレンジ色の筋のある蝶(ちょう)も1匹飛んでいた。いや〜。どうかこのまま収まりますように…。

年に一度の浄化槽清掃の日。
よろしくお願いしますと、お任せする。終わってから見ると、石を集めていた植木鉢が倒れていたのでよっこいしょと直す。

昼間少し仕事をして、夕方温泉。
きょうはとても人が少ない。後半はひとりだった。
モンステラを見ていて…、あれ？　もしかしてつぼみ？
トウモロコシみたいな緑色。近づいて触ってみたら硬かったので、つぼみかも。

家に戻ったら、ガレージの前であの蝶がたくさん舞っていた。
きゃあ〜！　やはりこの最後のイヌマキの木に卵を産みつける気？

やめて〜。

…と言ってもムダだよね。

木の下から上をじーっと見上げて、もう少し枝を切り落とそうかと考える。届くかな。背伸びして、少しでも葉っぱを落としたい。

てっぺんまでの高さは5メートルぐらいあるから焼け石に水かもなあ。

あーあ。

また虫が何百匹もぶら下がるのだろうか…。

一度経験したから今後の流れがわかるのであまり怖くないわ。

そういうものだよね。

経験って強い。

経験こそ、「頼りになる相棒」だ。

**7月27日（土）**

早朝、またイヌマキを切りに行く。でも手が届かなかったのであきらめた。

午前中、パリオリンピック開会式の再放送を見る。オリンピックには興味がなかったけど開会式を見るのは好き。最後の聖火点灯と愛の讃歌がよかった。

見ているうちにだんだん思い出してきて、サーフィンと水泳とアーティスティックスイミングは見たいなと思い始める。

庭に黒にオレンジの蝶が2匹いた。殺虫剤をもって追いかける。ひらひら~と飛んでいった。

**7月28日(日)**

ものすごく暑い。

今日も懲りずにイヌマキの剪定(せんてい)を試みる。今日は枝切りバサミを使ってみよう。どの枝に届くかな…と眺めていたら、塀の外に赤い帽子。

あ! ひげじいだ。

「おじさ~ん」

キョロキョロしてる。

「ここ、ここ」と上から手を振る。

そしてイヌマキの害虫のことを説明した。

「へー。知らなかった。あ、虫ってそれ?」

「どれ?」

「その枝のこっち側」

枝垂桜の枝を指さしている。

あっちこっち探していたら、上から下がってる糸の先の虫を見つけた。

「そうそう！　これこれ！」

そこへ、散歩に来たセッセとしげちゃんが通りかかったので、ひげじいが虫のことを教えてる。

3つほど枝を切って落とした。

昼間、買い物にサッと出る。水出しのお茶のティーバッグなど。あと毛虫用の殺虫剤。シューッと6メートルも飛ぶらしい。

ふれあい市場ではメロンと卵とマンゴープリン。マンゴープリンは上にフレッシュマンゴーのピューレがのっててものすごくおいしかった。明日(あした)また買いに行きたい。メロンは熟れすぎててあまり甘くなかった。

しそが茂ってきたのでしそのしょうゆ漬けを作る。

オリンピックの開会式が物議をかもしているそうで、再放送でカットされていたその部分（マリー・アントワネット、最後の晩餐(ばんさん)など）をネットで見る。

ああ、なるほど。リアルタイムで見たかったなあ。次のオリンピックではそうしよう。2028年はどこだろう?

ロサンゼルスだ!

そうか。今度はどんなだろう。その頃には世界がどんなふうになってるだろう。

温泉では水風呂が冷たくなかった。

ぬるい水という感じでいつもの爽快感がない。

水玉さんと笑いさんにモンステラのつぼみがついてることを教える。今度は黙っとこうねということになった。でももう去年ほどの熱はない。

水玉さんが畑で生ったヘチマを2個くれた。

## 7月29日(月)

あの蝶がたくさん飛んでいる。これはもう第2波が来ている。

庭を回ったらグミの木のところにたくさんいてパタパタしていたのですぐに殺虫剤をとってきてシューッとかけた。無駄と思いつつ。

朝食に、ヘチマと豚バラ炒めを作る。

サクが帰ってくるので掃除して2階のエアコンをつけておく。

午後、空港に迎えに行く前に、空港近くのうなぎの販売所に注文していたうなぎを取りに行く。そこは完全無投薬でうなぎを育てているところ。一度食べてみたいと思っていた。

車をとめる場所がわからなくてウロウロしていたら出てきて教えてくれた。白焼きとかば焼きと鮎(あゆ)の甘露煮を買う。


サクを迎えに行って、帰りにスーパーで買い物。

庭を歩いて、繁殖中のちょうちょを見せる。何十匹も飛んでいる。

6メートル飛ぶ殺虫剤があるよと教えたら、さっそくつかんで裏庭へ。

そして、全部使ったと言って帰ってきた。裏の方はほぼいなくなったよと言う。


夜はうなぎを食べてみる。うーん。なんだか野性的な味。皮がしっかりしていた。


リビングの照明。チラチラから立ち直り、まだ点(つ)いている。新しい照明器具を買ったのでいつ壊れても大丈夫だ。ただいま待機中。

そう思っていたら昨日からまたチラチラが始まった。今度こそ壊れたか。チラチラする時間も短くなってすぐに切れる。

「サク～、照明器具、取り替えてくれる？」

脚立を運んで、今ある照明を外すためにドライバーでこまごましたものを取り外す。細かいねじがいろいろある。あちこち触っていたら、パッと電気が点いた。

「あら！」

リモコンを何度か操作したけどちゃんと点く。

「いろいろいじくったのでまた命が延びたのかもね」

カバーを外してしまったので、とりあえず裸のままの電球に布をかぶせておくことにした。壊れるまでこのままやってみよう。

夜、サクがオリンピックを見ていたので私もついでに見る。男子スケボーで逆転金メダルを取った瞬間には興奮した。

乗馬で、なんだか向こうに見える池はベルサイユ宮殿の庭にあったのに似てるなあ…。場所はどこだろう…と思っていたら、「ベルサイユ宮殿で開催されています」という説明があったので「わあ」と思った。行ったことのある場所がでるとうれしい。

「この池の右側にあるカフェでサンドイッチを食べたんだよ。あんまりおいしくなかったけど」とサクに話す。

## 7月30日（火）

今日もすごい暑さ。

サクは髪を切りに行くと出かけて行った。


庭を歩いたらちょうちょがたくさんいた。だんだん増えていってる。窓ガラスにもたくさん。


そういえば今日と明日は王位戦第3局だった。忘れてた！

今日は家でのんびりしよう。車もないしね。

外に出られないと思うと、それはそれでかえってなんだか落ち着く。選択肢が少ないことはある意味、楽なんだよね。

ネットや電話が一定期間つながらなくなったとしたら、それはそれですごくホッとすると思う。余計な物思いやわずらわしさが急減しそう。


キオビエダシャク。ずっとちょうちょって書いてたけど蛾だった。

さっきまた庭を歩いたらものすごくたくさんいたので、ふたたびその生態や駆除法を調べた。春から秋にかけて年4回ほど繰り返し発生し、対処法は薬をかけるしかないそう。ううむ。

夜、サクが帰ってきた。今回の髪型はいい感じ。いいと思ったのは初めてかも。忘れないように写真に撮っておく。

対フランス戦のバスケの試合を見る。とっても惜しかった。興奮した。

**7月31日（水）**

サクは1泊で釣りしてくると出掛けた。指宿方面に行く予定とのこと。

「砂蒸し風呂に入るといいよ。砂がずっしり重くておもしろいよ」

暑い中、将棋観戦の続き。

たまに庭に出ると汗が噴き出す。

夕方からはオリンピックも同時に見る。ローイング競技をやってた。水上の競技は好き。涼しげで。

靴箱の上の不動明王像。

周りに置いた顔付き小石たちと一緒にすっかりそこになじんでいる。

最初の頃の私の緊張感もなくなった。でもいつも通るたびに肩やお腹をポンポンと撫でている。

私はあまり外に出なくなってから気持ちがぐんと落ち着いた。やること、やりたいことはこの小さな空間の中にたくさんある。

ここに小さな楽園を作る。

ひとつの小さな楽園を作る。

この作業には長い時間がかかるだろう。ゆっくり丁寧にやっていこう。

若い頃いろんなところに住んだけど、一部屋しかないところに住んでいた時も、とても質素な部屋に住んでいた時も、自分の家に帰るのが大好きだった。

そこにいると安心する守られた基地だった。

あの頃も、今も、その感覚は変わらない。

自分だけの空間さえあれば私はいつでもホッとできる。自分自身に戻れる。

私にとっては家が充電ポートなんだ。

ここにいながら遠くへと想いを馳せることもできる。

この場所をより快適にカスタマイズする。

死の瞬間を通過するまで（死は通過点だと思ってる）、楽しく暮らしたい。

それは自分の工夫と考え方次第で可能だ。

お金もたいして必要じゃない。私が必要としているものはお金では買えないものだから。自分の手で育てるもの、育むものだから。

これから何が起こるのか。これから何を思うのか。

背筋を伸ばして刮目していきたい。

# ひとつの小(ちい)さな楽園(らくえん)を作(つく)る

つれづれノート㊻

銀色夏生(ぎんいろなつを)

令和6年 10月25日　初版発行

発行者●山下直久

発行●株式会社KADOKAWA
〒102-8177　東京都千代田区富士見2-13-3
電話　0570-002-301(ナビダイヤル)

角川文庫 24364

印刷所●株式会社暁印刷
製本所●本間製本株式会社

表紙画●和田三造



●お問い合わせ
https://www.kadokawa.co.jp/ (「お問い合わせ」へお進みください)
※内容によっては、お答えできない場合があります。
※サポートは日本国内のみとさせていただきます。
※Japanese text only


ISBN 978-4-04-115160-0　C0195

◇◇◇